Kundenkoller

Cornelia Kurtze

Kundenkoller

Wahre Kurzgeschichten

Bibliografische Information der Deutschen Nationalbibliothek:
Die Deutsche Nationalbibliothek verzeichnet diese Publikation
in der Deutschen Nationalbibliografie; detaillierte bibliografische
Daten sind im Internet über http://dnb.d-nb.de abrufbar.

© 2008 Cornelia Kurtze
Herstellung und Verlag: Books on Demand GmbH, Norderstedt
ISBN 978-3-8370-3148-5

»Die schlimmste Wirkung des Kapitalismus ist,
dass man glaubt, alles, was man bezahlen kann,
gehöre einem.«

Martin Walser

Inhaltsverzeichnis

Einleitung

Eines muss ich ganz am Anfang meines Buches klarstellen: Es gibt wirklich nette Kunden. Ich weiß es ganz sicher, denn ich habe sie erlebt. Sie sind freundlich, haben ein liebes Wort für die Verkäuferin übrig, sprechen über ihre Lieben zu Hause und geben derjenigen hinter der Ladentheke das Gefühl, ein vollwertiger Mensch zu sein. Ja, solche Kunden gibt es wirklich. Ich kann mit gutem Gewissen sagen, dass auch ich solchen Menschen tagtäglich begegne.

Aber dieses Buch hieße nicht »Kundenkoller«, wenn es da nicht auch andere gäbe. Diese Kunden haben es sich zur Lebensaufgabe gemacht, den armen Verkäuferinnen die Hölle auf Erden zu bereiten. Sie meckern und stänkern an allem rum, nicht zuletzt an der armen Verkäuferin persönlich, und vergessen in ihrem Dasein als Schrecken aller Einzelhändler die simpelsten Manieren ihrer kindlichen Erziehung.

Tauchen diese Kunden am Eingang des Geschäfts auf, erkennt man sie sofort: Die Augen sind gierig auf die Ware fixiert, und gleichzeitig befinden sie sich auf der Suche nach einem Grund, ihre aufgestauten Aggressionen loswerden zu können. Natürlich strafen sie die freundliche Verkäuferin (die selbstredend ein nett gemeintes »Hallo« auf ihren Lippen hat) mit Missachtung. Aber nicht nur das. Diese Kunden sind in der Lage, mit ihrer Körpersprache gleich mehrere Dinge unmissverständlich auszudrücken:

1. Ich bin hier der König und du hast die Stellung des gemeinen Pöbels inne.

2. Ich hab verdammt schlechte Laune und bin gewillt, sie auch ohne jeden Grund an dir auszulassen.

Und nicht zu vergessen:

3. Ich weiß, dass du mir gegenüber freundlich sein MUSST. Auf deinen lausigen Job warten schon fünf andere Bewerber, die nur darauf hoffen, dass du einen Fehler machst und sie an deiner Stelle um die Gunst der Kunden werben können.

Wenn ein Kunde ein Geschäft betritt und mit seiner Körpersprache genau diese Dinge ausdrückt, geht bei den Verkäuferinnen ein intern bekanntes Spielchen los. Sie knobeln darum, wer heute die ehrenvolle Aufgabe hat, mit eingezogenen Schultern sich in Gelassenheit und Freundlichkeit zu üben.

Seien wir doch mal ehrlich (und ich bin mir sicher, dass alle Verkäuferinnen dieser Welt das sofort unterschreiben würden): Zur Ausbildung im Umgang mit Kunden gehören nicht nur Warenkunde und Buchführung. Letzteres übernehmen meist eh die Bosse der oberen Etage. Nein, vielmehr gehören in die Ausbildung einer Verkäuferin Schulfächer wie Buddhismus, Yoga, Selbstbeherrschung und die Muskelentspannung nach Jacobsen! Wenn Sie nicht auch zum Berufsbild gehören, können Sie sich einfach nicht vorstellen, wie viel Kraft und inneren Frieden es kostet, sich dieser Art Kunden gegenüberzustellen!

Mein Buch widme ich hiermit all denen, die sich tagtäglich mit der üblen Sorte Kunde auseinandersetzen müssen, die beim »Hölzchen ziehen« öfter verlieren als gewinnen, die aber dennoch ihre gute Kinderstube nicht vergessen und jeden Tag aufs Neue ihren Job GERNE tun!

Ganz besonders aber widme ich dieses Werk meinen lieben Kolleginnen, die sich hier in fast jedem Kapitel aufs Neue wiederfinden werden und die ausnahmslos ohne Verletzung des Betäubungsmittelgesetzes jeden Tag aufs Neue zur Arbeit erscheinen!

Zum Abschluss der Einleitung richte ich noch ein direktes Wort an Sie, liebe Leser.

Sollten Sie sich beim Lesen der vorangegangenen Zeilen gefragt haben: »Ich hab keine Ahnung, wovon die da überhaupt schreibt. Ich bin als Kunde schließlich König, und so möchte ich behandelt werden!« – dann sollten Sie dieses Buch vielleicht besser beiseitelegen oder einer lieben Freundin schenken. Es könnte nämlich sein, dass Sie sich in den folgenden Kapiteln, die im übrigen ALLE auf Tatsachen beruhen, wiedererkennen werden. Es könnte sein, dass Ihnen ein Spiegel vors Gesicht gehalten wird, mit dessen Bild SIE klarkommen müssen. Das könnte wiederum unangenehm werden, und ich möchte nicht, dass Sie infolgedessen ihre aufgestaute Wut an den armen Verkäuferinnen auslassen!

Für alle anderen gilt: Denken Sie bei Ihrem nächsten Einkauf mal daran: Verkäufer und Verkäuferinnen sind auch nur Menschen – mit Gefühlen, mit Sorgen und Problemen. Die eine hat mehr, die andere weniger Glück im Leben gehabt. Und die meisten der Berufsgruppe, die ich kenne, versuchen nur eins: Sie als Kunde gut zu bedienen und Sie rundum zufrieden zu stellen. Sie machen ihre Arbeit gerne – jedenfalls meistens. Und sie verlangen nicht viel von Ihnen, nur dies: Behandeln Sie sie wie einen mündigen Erwachsenen.

»Ein Lächeln, das man aussendet, kommt tausendfach zu dir zurück!«

In den folgenden Kapiteln genannte Personen und Orte sind frei erfunden. Übereinstimmungen mit dem eigenen Namen sind Zufall und nicht beabsichtigt.

Die Geschichten jedoch hat das Leben geschrieben …

»Ein Drache am Morgen bringt Kummer und Sorgen«

Stellen Sie sich folgende Situation vor:

Es ist noch früh am Morgen. Das Blumengeschäft, in dem das erste Kapitel spielt, hat gerade mal seit zehn Minuten geöffnet. Zwei Kolleginnen sind seit gut 45 Minuten dabei, die nächtlich gelieferte Ware an ihren Platz zu stellen.

Sie sind beide ziemlich geschafft, denn neben ihrer Arbeit im Geschäft sind sie auch noch – wie heißt es in der Werbung so schön – »… Leiterin eines kleinen, erfolgreichen Familienunternehmens …«. Das bedeutet, dass sie bereits vor Antritt im Laden einige Dinge im Haushalt erledigt und die modischen Entgleisungen ihrer Lieben korrigiert haben. Nichts Außergewöhnliches, ein ganz normaler Tag wie für viele berufstätige Mütter.

Beide sind zu diesem Zeitpunkt noch guter Dinge, die nächsten elf Stunden trotz der großen Lieferung gut zu überstehen. Bis zu dem Moment, wo der erste König Kunde den Laden betritt …

Nennen wir sie doch einfach Frau Müller, obwohl hier beinahe der Dienstgrad des Oberfeldwebels passender wäre!

Frau Müller setzt also ihren Fuß auf die Schwelle und die automatische Tür öffnet sich. Binnen weniger als einer Sekunde ist den Verkäuferinnen klar, dass Frau Müller unter ihren regelmäßig wiederkehrenden schlechten Tagen wohl einen ihrer miesesten erwischt hat. Sie hat ihre Stirn so eng zusammengedrückt, dass ihre Zornesfalte als Grand Canyon der Gesichtsentgleisung deutlich sichtbar ist. Jeder Regisseur hätte ihr sofort die Rolle der »Bösen Hexe des Westens« gegeben. Tatsächlich erwartet man bei ihrem Anblick einen Raben, oder wenigstens eine schwarze Katze in ihrer Nähe!

Die beiden Verkäuferinnen denken in diesem Moment jedenfalls genau das Gleiche: Hoffentlich kommt sie nicht zu mir! Verstehen Sie das nicht falsch, liebe Leser, die Kolleginnen mögen sich wirklich gerne. Ihr Arbeitsverhältnis zueinander ist freundschaftlich und sie sind sich wohlgesinnt! Aber irgendwo ist man eben auch Mensch – und somit sich selbst der Nächste!

Wie heißt es so schön? Angriff ist die beste Verteidigung? Die Verkäuferinnen trällern ihr also ein freundliches »Guten Morgen, Frau Müller« entgegen. Aber genau jene Frau Müller ignoriert beide jedoch völlig und stolziert, ohne sie nur eines Blickes zu würdigen, an ihnen vorbei. Okay, heute sind wir die Unnahbare. Mal sehen, was sie sonst noch so auf Lager hat. Eine der Verkäuferinnen verdreht nur hinter ihrem Rücken die Augen und widmet sich wieder der Ware.

Kurze Zeit später erscheint Frau Oberfeldwebel Müller wieder und bleibt neben der einen Verkäuferin stehen, die voll bepackt mit Pflanzen versucht, eine eben dieser auf ein Regal zu stellen. Frau Müller hält in ihren Händen zwei kleine Pflänzchen und sagt: »Tragen Sie mir die an die Kasse!« Nein, liebe Leser, das ist keine Verwechslung eines Ausrufezeichens mit einem Fragezeichen. Unser Oberfeldwebel hat einen Befehl ausgesprochen! Die Verkäuferin, völlig verdattert, schaut sie nur fragend an, und abermals erschallt der Befehl: »Sie tragen mir die beiden Pflanzen jetzt nach vorne!« Da die Verkäuferin der deutschen Sprache sehr wohl mächtig ist, ist einem sofort klar, dass ihre fehlende Antwort nichts anderes ist, als die gegenwärtige Suche nach ihrem inneren »OMM«!

In einem solchen Moment schießen mir hundert Fragen durch den Kopf: Warum ist Frau Müller so, wie sie ist? Liegt es am Ehemann? Fehlender Sex vielleicht? Oder hat sie ihre Periode? Oder beides? PMS könnte eine Erklärung sein. Oder ist sie vielleicht Raucher und steckt mitten im kalten Entzug? Die Antwort bleibt sie schuldig.

An der Ladentheke angekommen möchte die Verkäuferin die beiden Pflanzen in Papier verpacken, wird jedoch rüde gestoppt. »Halt! Die können Sie mir nicht einfach so einpacken! Ich sehe, dass an dieser Geranie ein gelbes Blatt ist. Die bekomme ich jetzt aber günstiger!«

Stellen Sie sich jetzt bildlich das dumme Gesicht der Verkäuferin vor. Die Fragezeichen auf ihren Pupillen treten beinahe wegen ihres rot angelaufenen Gesichts in den Hintergrund. Deutlich sichtbar hingegen ist die Schlagader am Hals, die bedrohlich dick hervortritt und ihre innere Anspannung erahnen lässt. Aber ihrer guten Ausbildung bewusst, macht sie nicht das, was jeder normale Mensch in dieser Situation von ihr erwarten könnte. Nein, sie rastet weder aus noch bricht sie hinter der Theke wegen eines Lachkrampfes zusammen. Sie antwortet vielmehr in einem ruhigen, besonnen Ton: »Es tut mir leid, dass die Pflanze nicht Ihren Vorstellungen entspricht, Frau Müller. Aber das ist normal, dass Pflanzen auch mal gelbe Blätter entwickeln. Deswegen kann ich sie Ihnen nicht günstiger verkaufen.« Daraufhin antwortet die Kundin entrüstet: »Aber durch das gelbe Blatt ist die Geranie doch entstellt und verliert drastisch an Wert!« Die Verkäuferin reagiert spontan pfiffig: Sie rupft das gelbe Blatt ab und erwidert knapp und so höflich wie nötig: »Jetzt ist sie ihren Preis wieder wert.«

Ich weiß nicht, wie es Ihnen geht, aber ich empfinde tiefe Bewunderung für diese spitzfindige Antwort und möchte tosenden Beifall spenden!

In der Kundin jedoch beginnt es zu brodeln. Ihre Wangenknochen arbeiten auf Hochtouren, und für sie gibt es in dieser Situation natürlich nur einen Ausweg: die Beleidigte zu spielen. Mit einem Mal dreht sie sich auf dem Absatz um und lässt ihre liebliche Stimme tönen: »Dann suche ich mir eben eine bessere Geranie aus!«

Und jetzt raten Sie mal, welches Schauspiel sich dann abspielt. Frau Müller steht tatsächlich zwischen den Geranien und zählt die Blätter! Dieses skurrile Bild lässt den Betrachter einfach nicht mehr los. Man wankt zwischen Kopfschütteln, Lachanfall und Tränenausbruch hin und her und kann sich nicht genau auf eine Reaktion festlegen.

Letztlich erwartet man einen Regisseur aus der Ecke springen, der »Loriots beste Sketche – Klappe, die erste!« ruft.

Mein Fazit lautet: Loriots Humor ist definitiv ein Spiegelbild unserer Gesellschaft. Denn solche Storys kann man sich wahrhaftig nicht ausdenken!

»Wie man in den Wald hineinruft, so schallt es heraus«

Das Gute an Sprichwörtern ist, dass sie, zumindest meistens, den Nagel auf den Kopf treffen.

So ist es auch im nächsten Fall, den ich Ihnen unter gar keinen Umständen vorenthalten möchte.

Ein Kunde, einer der männlichen Sorte, betritt eine Drogerie. Die Verkäuferin, ausgestattet mit einem höflichen Wortschatz, sortiert gerade Belege, als sie von dem Kunden angesprochen wird: »Ich brauche Gummis!« Da wir ja mittlerweile im 21. Jahrhundert angekommen sind und die sexuelle Revolution der sechziger nicht spurlos an uns vorübergegangen ist, müssen wir uns fragen, welche Art »Gummis« der Kunde wohl möchte. Steht vor uns ein verantwortungsbewusstes Exemplar der männlichen Gattung, der seine Sexualpartnerin vor diversen Krankheiten oder einer Schwangerschaft schützen möchte? Oder hat er etwa kiloweise Kirschen zu Hause, die er zu leckerer Marmelade verarbeiten möchte, und er braucht Einmachgummis? Oder friert er vielleicht Brot ein und benötigt zum Verschließen der Tüten einfache Haushaltsgummis? Welche Entscheidung hätten Sie getroffen? Die Verkäuferin jedenfalls beschließt, durch weitere Befragung zu einer eindeutigen Antwort zu gelangen: »Wofür brauchen Sie die Gummis denn?« Zugegeben, die Frage hätte man etwas anders formulieren können. Aber das ist doch noch lange kein Grund, die Stimmung im Geschäft gleich um ein paar Grad abzusenken! Ziemlich aufgebracht und sichtlich auf dem falschen Fuß erwischt, antwortet der Kunde patzig: »Das geht Sie überhaupt nichts an!«

So, und was soll die arme Verkäuferin jetzt tun? Nochmal fragen? Bestimmt nicht! Wer so entnervt antwortet, möchte nicht weiter interviewt werden! Ich schließe mich in diesem Fall der Verkäuferin an – und hätte es wie sie darauf ankommen lassen. Wie war das? Er möchte nicht darüber sprechen und »… es geht Sie überhaupt nichts an!«? Der will eine Lümmeltüte! Große Klappe, aber zu feige, das Wort »Kondom« in den Mund zu nehmen! Klarer Fall! Diese Art Männer kennt man doch. Die stehen auf meiner persönlichen Hitliste ganz oben!

Die Verkäuferin greift also ins Regal und legt ganz unauffällig, so, wie sie es der Situation als angemessen empfindet, eine Packung Kondome auf die Ladentheke. Sie untermalt ihre geschulte Diskretion zusätzlich mit einem freundlichen »Bitte schön!«, ohne dabei zu viel zu lächeln. Ein breites Grinsen wäre hier in unserer aufgeklärten Gesellschaft auch etwas unangebracht.

Aber wie Sie vielleicht bereits richtig vermutet haben, ist an diesem Punkt die Geschichte noch lange nicht zu Ende. Im Gegenteil, hier fängt sie erst richtig an!

Der Kunde, übrigens ein Ü-40er, verliert nun völlig die Beherrschung. Sein Gesicht wird puterrot und schwillt auf die Größe eines Luftballons an. Wie bei einem überkochenden Wasserkessel erwartet man ein zischendes, pfeifendes Geräusch – jedoch vergeblich. Die Wut des Kunden äußert sich leider in verbalen Entgleisungen, die selbst unter Vollnarkose nur schwer zu ertragen wären: »Was soll denn das werden? Was glauben Sie eigentlich, wen Sie hier vor sich haben? Das ist ja wohl eine bodenlose Unverschämtheit! Ich bin verheiratet, Sie dumme Kuh! Was wollen Sie mir denn mit Ihrer Dämlichkeit unterstellen?« Die Verkäuferin ist nun völlig am Ende. Sie hatte es doch nur gut gemeint! Muss man denn da gleich so ausflippen? »Es tut mir wirklich leid! Ich dachte nur … Sie sagten doch … Welche Gummis wollen Sie denn haben?« Der Mann, zu keiner weiteren

Äußerung mehr bereit, erwidert nur schroff: »Ach, leck mich doch am Arsch, du dumme Kuh!«

Und jetzt kommt etwas, womit die wenigsten wohl rechnen: Die Verkäuferin kontert – und zwar Hollywoodreif! Sie atmet tief ein, rückt ihre Schultern zurecht und den Rücken gerade und antwortet völlig ruhig, milde lächelnd: »Tut mir leid, mein Herr, das kann ich nicht. Das habe ich bereits einer anderen Sau versprochen.«

Jawohl! Das hat gesessen! 1:0 für die Frau hinter der Ladentheke!

Der Kunde ist zu keiner vernünftigen Reaktion mehr fähig. Er ist so sprachlos, dass er nichts weiter tut, als nur noch einzuatmen. Wutentbrannt, kurz innehaltend die Verkäuferin anstarrend, verlässt er ohne ein weiteres Wort den Laden. Die nette Dame lächelt beseelt und selbstzufrieden und kann ihre eigene Schlagfertigkeit kaum glauben.

Und der Kunde? Soll er sich doch seine blöden Gummis woanders besorgen …

»Dummheit schützt vor Strafe nicht«

Eine Verkäuferin steht hinter der Theke einer Bäckerei und macht die Auslage sauber. Es war ein anstrengender Tag, seit sieben Uhr steht die Gute nun schon im Laden und versorgt die Kundschaft mit Kuchen, Brot und Brötchen. Jetzt, es ist kurz nach 18 Uhr, hat sie bald Feierabend. Der typische Ich-komme-auf-den-letzten-Drücker-Kunde war auch schon da und hat sich, wie jedes Mal darüber beschwert, dass die Brötchen um 18 Uhr nicht mehr ofenwarm sind. Souverän hat die Verkäuferin jedoch auch diesen Choleriker bedient und schließt hinter ihm die Ladentür ab. Jetzt muss sie noch aufräumen und einmal durchwischen, dann ruft der wohlverdiente Feierabend! Ihre Füße tun weh, ihr Rücken auch. Und da Zwetschgenzeit ist und sich die Bienen und Wespen von eben selbigen auf den Hefekuchen magisch angezogen fühlen, hat sie nun endlich Zeit, die beiden Stiche an ihrer Hand zu versorgen. Zu Hause wartet auf die nette Dame noch ein Berg Bügelwäsche. Und zudem möchte ihr Ehemann, der seit einem Jahr das Rentendasein fristet, auch noch etwas »Anständiges« auf den Tisch bekommen. »Gott sei Dank ist von gestern noch Gulasch übrig! Nur noch ein paar Kartoffeln dazu und dann bin ich schnell fertig«, denkt sie. Und wer könnte es ihr verübeln.

Und während sie so die Brotkrümel am Zusammenfegen ist, klingelt das Telefon. »Wer ist das denn jetzt noch?«, fragt sie sich. Am liebsten würde sie gar nicht mehr abheben. Aber vielleicht ist es ihr Chef, und wenn sie nicht ans Telefon geht, glaubt der, sie sei schon weg und hätte sich eine halbe Stunde zu viel aufgeschrieben. Also, was bleibt ihr anderes übrig, sie geht dran. Am anderen Ende erschallt eine altbekannte Stimme: »Ja, hier ist Frau Wagner aus der Hauptstraße. Ich rufe an wegen dem Roggenmischbrot.« Die Verkäuferin weiß nicht, was die Kundin damit meint und fragt nach: »Welches Roggenmischbrot? Hatten Sie welches bestellt?« Da unsere liebe Frau Wagner die achtzig schon weit überschritten hat und ihr Gehör nicht mehr das Beste ist, sagt, nein, schreit sie erneut in den Hörer: »Hallo! Ist da niemand??? Ich rufe an wegen dem Roggenmischbrot!« (Anmerkung: Ich weiß selbst, dass der Dativ dem Genitiv sein Tod ist, aber so hat die alte Dame sich nun mal ausgedrückt …) Nun antwortet die Verkäuferin auch etwas lauter: »Ja Frau Wagner. Das habe ich verstanden! Aber was ist denn mit dem Brot?« Frau Wagner, eigentlich sehr zu bedauern, fragt: »Tod? Wer ist tot?«

An dieser Stelle möchte ich nur noch einmal anmerken, dass sich dieses Gespräch tatsächlich genau SO abgespielt hat!

Die Verkäuferin schreit jetzt in den Hörer: »Das BROT, Frau Wagner! Was ist mit dem BROT?« Unsere schwerhörige alte Dame antwortet: »Ja, das Roggenmisch, das was ich bei Ihnen im Laden gekauft habe!« – Okay, unsere eigentlich Feierabend bereite Verkäuferin sieht nun den selbigen in weite Ferne rücken. »Ja, Frau Wagner! Was ist denn mit dem Roggenmisch?«, schreit sie, aber anscheinend noch nicht laut genug. Denn Frau Wagner antwortet: »Nein, kein Fisch! Ich bin doch mit der Bäckerei verbunden, oder etwa nicht?« Oh je! Man empfindet doch hier an dieser Stelle tiefstes Mitleid mit beiden Beteiligten! Unsere müde Verkäuferin jedenfalls seufzt und holt noch einmal tief Luft: »Ja, Frau Wagner! Hier ist die Bäckerei! Was ist denn nun mit dem Brot?« – »Sie müssen nicht so schreien, Teuerste! Ich höre noch ganz gut!«, antwortet die Kundin – eine ganz klare Fehleinschätzung, wie ich finde. Aber nun gut, unsere Verkäuferin möchte nach Hause, also verkneift sie sich jeden Kommentar und sagt nur laut und deutlich: »Ja.« Auch die schwerhörige alte Dame bringt das Gespräch doch nun tatsächlich etwas voran: »Das Roggenmischbrot ist ganz verschimmelt!« Na super, nichts gegen Frau Wagner … Aber konnte sie ihre Beschwerde nicht schon früher am Tag loswerden? Wahrscheinlich hat sie wieder von morgens bis abends ihre Talkshows im Fernseher angeschaut und die Zeit vergessen. »Das tut mir leid, Frau Wagner. Wo haben Sie das Brot denn aufbewahrt? War es dort vielleicht etwas nass?« – »Nein, nicht blass! Es war gut durchgebacken, so wie ich es immer kaufe. Aber das wissen Sie doch! Ich komme doch öfters zu Ihnen!«, erwidert die alte Dame. Unsere arme Verkäuferin ist nun doch leicht genervt. Aber was bleibt ihr anderes übrig? Da muss sie nun durch und so fragt sie weiter: »Wo haben Sie das Brot denn aufbewahrt?« – »Wo ich mein Brot aufbewahre? Na da, wo es immer liegt, Teuerste! Im Brotschrank selbstverständlich! Sie wissen doch, dass mein Egon im Rollstuhl sitzt. Und an die Anrichte kommt er nicht ran. Deswegen hab ich die Teller aus dem Unterschrank in die Kommode geräumt. Und da liegt jetzt das Brot, im Unterschrank. Sonst müsste ich meinem Egon doch jedes Mal alles aus dem Schrank holen, das wäre mir auf die Dauer zu anstrengend. Wenn ich beschäftigt bin, dann kann er sich nun selbst helfen. Und das ist ja so wichtig für die Psyche, dass man sich selbst noch versorgen kann! Verstehen Sie?« Oh ja, und wie sie verstanden hat. So genau wollte sie es eigentlich gar nicht wissen. Mittlerweile hat sie sich mit beiden Ellbogen auf der Theke abgestützt, um ihren Rücken etwas zu entlasten. Sie wischt sich die Stirn und fragt unbeirrt weiter: »Frau Wagner, sind Sie sicher, dass Sie das Brot bei uns gekauft haben? Denn wie Sie ja wissen, wird unser Brot täglich frisch gebacken. Das kann nicht schimmelig sein.« – »Ja wollen Sie damit etwa sagen, dass ich lüge? Mein Brot ist schimmelig! Ob Sie es glauben oder nicht!« Die Verkäuferin antwortet: »Nein, nein, natürlich nicht Frau Wagner! Ich will damit nur sagen, dass das Brot aber nicht bereits bei uns im Laden verschimmelt war!« Und Frau Wagner erwidert: »Nein, das war nicht von Anfang an schimmelig! Schließlich haben mein Egon und ich schon davon gegessen.« Unserer Verkäuferin gehen so langsam die Ideen aus. »Frau Wagner, wann haben Sie das Brot denn gekauft?« – »Getauft? Nein, meine Enkel gehen alle schon zur Schule. Wie kommen Sie denn jetzt darauf, meine Liebe?«, fragt sie verdutzt. Der Verkäuferin wird es jetzt langsam zu bunt: »G E K A U F T!!! Wann haben Sie das Brot GEKAUFT?« – »Ach so! Sagen Sie das doch gleich! Ich hab nicht so viel Freizeit wie Sie. Gleich kommt doch meine Serie im Fernsehen, auf dem ersten Programm. Und da halten Sie mich auf und stellen mir komische Fragen über meine Enkel.« Der puren Verzweiflung nahe, unterbricht die Verkäuferin die schrullige Dame und fleht in den Hörer: »Frau Wagner! Bitte!« – »Das Brot, ach ja. Ja, wann habe ich das nochmal gekauft? Jetzt muss ich mal kurz überlegen. Also, als meine Schwester Else zu Besuch war, hatte ich das Brot bereits. Obwohl sie ja lieber Toast isst. Sie hat halt nicht so kräftige Zähne wie ich. Hach nein! Jetzt fällt es mir wieder ein! Da war doch am Marktplatz dieses Fest, da wo es so leckeren Pflaumenschnaps gab. Wissen Sie welches ich meine?« Jetzt wird die Verkäuferin hellhörig. »Sie meinen aber nicht das Jubiläum des Schützenvereins, oder?« – »Ja! Doch! Genau das meine ich, Teuerste! An diesem Sonntag hatten Sie doch auch geöffnet! Da hab ich das Brot bei Ihnen gekauft. Da bin ich mir ganz sicher.« Die Verkäuferin ist nun völlig fertig und am Ende ihrer Kräfte: »Frau Wagner! Das war vor über vier Wochen!!!« An dieser Stelle bitte ich um eine kurze Schweigeminute für unsere tapfere, unermüdliche Verkäuferin. Verständlicherweise ist die arme Frau fast den Tränen nahe. Und Frau Wagner? Sie macht munter weiter: »Ja! Vor fast fünf Wochen, um genau zu sein. Heute haben wir ja schon den 23. Da war doch abends noch das schlimme Gewitter. Hat es bei Ihnen auch gehagelt?« – »Frau Wagner. Es ist völlig normal, dass Ihr Brot nach fast fünf Wochen schimmelig ist! So lange hält sich ein Brot nicht! Jedenfalls nicht im Brotschrank.« Und unsere Kundin antwortet etwas verdutzt: »Ach nein? Ich dachte.« –

»Nein, Frau Wagner! Wenn Sie das nächste Mal Ihr Brot länger aufbewahren möchten, müssen Sie es einfrieren.« – »Bitte was?« – »EINFRIEREN!«, schreit die Verkäuferin in den Hörer. »Einfrieren? Ja, wenn Sie meinen …« Ja, das meint sie!

Als sich beide dann nun doch endlich einvernehmlich verabschiedet und das Gespräch beendet haben, möchte die Verkäuferin in diesem Moment nur noch eins: die frühzeitige Rente beantragen! Oder wenn nicht das, dann wenigstens eins: Feierabend!

»Geschenkt ist noch zu teuer«

Na, liebe Leser? Seien Sie ehrlich! Haben Sie sich bereits in einem der vorangegangenen Kapitel wiedererkannt? Ich hoffe nicht!

Dann begleiten Sie mich doch für unsere nächste Geschichte wieder in das Blumengeschäft aus dem ersten Kapitel. Sie erinnern sich? Der Drache?

In diesem Kapitel geht es weit weniger um solches Getier als wieder einmal um nackte Tatsachen, die einem die stille Wut den Rücken hochkriechen lässt.

Manche Kunden sind einfach nur nervig, meinen es aber nicht so. So wie unsere Frau Wagner. Andere hingegen sind, und das behaupte ich aus tiefster Überzeugung, aus purer Absicht garstig zu den Verkäuferinnen.

Das sind Menschen, die ihre privaten Unzulänglichkeiten nicht da belassen können, wo sie hingehören: im Privatleben. Sie nehmen jede noch so nichtig erscheinende Kleinigkeit zum Anlass, mal so richtig Dampf ablassen zu können, wie sie jetzt im folgenden Kapitel lesen werden.

Wir befinden uns also wieder in dem Blumengeschäft. Wieder einmal sind zwei Kolleginnen am Werke und widmen sich der Pflanzenpflege. Zuvor haben sie die Auslage um zahlreiche Blumensträuße erweitert und rupfen nun verwelkte Blätter und Blüten aus den Pflanzen (falls der Oberfeldwebel dem Laden wieder einen Besuch abstattet, sind sie bestens vorbereitet …) und gießen die dürstenden Blumen. Währenddessen betreten zwei Kunden den Laden – ein Ehepaar, wie es scheint. Er bleibt gelangweilt am Eingang stehen und begutachtet die Einkaufskörbe. Sie marschiert zielstrebig auf die Ecke mit den Orchideen zu. Klarer Fall – sie braucht ein schnelles Geschenk, für die Schwiegermutter vielleicht, und er ist schon am Eingang am Ende seiner Einkaufslust angekommen.

Die Frau wird jedenfalls schnell fündig, und die Verkäuferin fragt höflich nach, ob sie die Orchidee als Geschenk verpackt haben möchte. Ja, möchte sie. »Gerne. Ich weise Sie nur darauf hin, dass wir für Geschenkverpackungen 50 Cent berechnen müssen.« Und auf einmal macht es bei der Kundin im Oberstübchen »Klick«, und plötzlich hat sie es gar nicht mehr so eilig. Genauer gesagt ist in ihr die Lust erwacht, mit der Verkäuferin eine hitzige Diskussion zu führen: »50 Cent? Das habe ich ja noch nie erlebt, dass man für eine Geschenkverpackung bezahlen muss! Das ist doch Service am Kunden!« – »Doch, wir berechnen seit jeher 50 Cent dafür«, antwortet die Verkäuferin. Die Kundin setzt zum Angriff über: »Aber ich komme doch schon so lange hierher zum Einkaufen. Das grenzt ja schon fast an Abzocke an der Stammkundschaft!« Die Verkäuferin, übrigens sich zu 100 Prozent sicher, die Dame noch nie im Laden gesehen zu haben, erwidert weiter freundlich: »Wir haben nun mal Anweisung, für Verpackungen 50 Cent berechnen zu müssen. Daran kann ich leider auch nichts ändern. Möchten Sie denn vielleicht die Orchidee lieber unverpackt mitnehmen?« – »Unverpackt? Nein, wir fahren ja direkt weiter und die Orchidee wird sofort verschenkt. Da kann ich nicht nur so mit der Pflanze auftauchen. Ich brauche sie schon schön verpackt! Aber können Sie nicht einfach weniger Folie nehmen? Dann bräuchte ich ja nur die Hälfte zu zahlen.« Nicht vergessen, wir sprechen hier über eine Diskussion um ganze 25 Cent! Aber darum geht es der Kundin offensichtlich nicht, wenn man sich ihre goldene Armbanduhr von Armani, ihre Gucci-Sonnenbrille und ihr Louis-Vuitton-Täschchen genauer betrachtet. Nein, hier geht es schlicht und ergreifend ums Prinzip! Und darum, ein Machtspielchen zwischen König Kunde und Pöbel Verkäuferin auszufechten.

Die Verkäuferin jedenfalls versucht, so gelassen wie nur möglich zu bleiben. Schließlich ist das nicht ihre erste Geschenkverpackung-Diskussion. »Es ist völlig egal, wie groß das Stück Folie ist. Wir berechnen pauschal 50 Cent fürs Verpacken. Wenn wir mal mehr Folie benötigen, kassieren wir ja auch nicht gleich das Doppelte.« Daraufhin erwidert die Kundin patzig: »Das wird ja immer besser! Hast du gehört, Alfons? Dann zahle ich also die Geschenkverpackungen der anderen Kunden mit! Das ist ja die totale Ausbeute!« Allmählich geht der Verkäuferin die Debatte ziemlich auf die Nerven. Sie reagiert gar nicht mehr auf die bemerkenswert dämlichen Äußerungen und sagt: »Sie müssen die Orchidee ja nicht verpacken lassen, ganz einfach. Und sehen Sie, unsere Preise sind einfach unschlagbar günstig. Wo sonst bekommen Sie eine so kräftige Pflanze noch dazu mit zwei Rispen für unter zehn Euro? Unser Chef kann die Preise aber nur deswegen so knapp kalkulieren, wenn er für die Extras wie eben eine Geschenkverpackung einen kleinen Zuschlag erhebt. Andere Läden haben direkt höhere Preise, da sind dann solche Extras bereits mit eingerechnet. Da finde ich unsere Variante doch eigentlich fair gegenüber dem Kunden. Finden Sie nicht?« – Kurze Pause. Sollte es das etwa gewesen sein? Hat die Souveränität der Verkäuferin ausgereicht, die Kundin endlich mundtot zu machen? Nein, leider nicht!

»Ich möchte die Orchidee aber verpackt haben!« – »Dann muss ich aber 50 Cent berechnen.« – »In Ihrer Filiale in der Stadt habe ich aber noch nie was dafür zahlen müssen!«

Aha! Jetzt versucht sie es auf die Tour. »Auch unsere Filiale in der Stadt sowie sämtliche Läden unserer Firma sind angehalten, 50 Cent fürs Einpacken zu berechnen. Da gibt es nur zwei Möglichkeiten. Entweder Sie hatten einfach Glück und die Kollegin hat vergessen, Ihnen etwas zu berechnen, oder aber sie hat Sie nicht ausdrücklich darauf hingewiesen und es ist Ihnen unter Umständen gar nicht aufgefallen.« Das lässt die Kundin natürlich nicht auf sich sitzen. Wäre dies kein Buch, sondern ein Film, würden Sie nun im Hintergrund musikalisch mit einem Angriff der Kavallerie unterhalten. »Natürlich wäre mir das aufgefallen! Was soll das denn bitte heißen? Dass ich nicht rechnen kann? Das ist doch eine Unverschämtheit!«

So, und wo ist jetzt bloß das »OMM«, wenn man es mal braucht? Die Verkäuferin atmet nochmal tief durch: »Nein, selbstverständlich nicht! Das würde ich mir nie anmaßen.« – »Ja, und wo stehen wir jetzt?«, fragt die Kundin hoffnungsvoll.

Was ist das denn jetzt für eine Frage? Was genau hat die Gute denn nicht verstanden? Also, rufen wir uns die zwei Alternativen doch nochmal kurz ins Gedächtnis: Geschenk ja – 50 Cent. Geschenk nein – keine 50 Cent. Was ist denn daran so schwer zu verstehen? Nichts! Und genau hier sind wir an einem Punkt angekommen, an dem man als Verkäuferin nur noch den Kopf schütteln kann und sich die Frage stellen muss, womit man so etwas verdient hat. Was hat sie denn schon für eine Wahl? Wenn sie es durchgehen lässt und der Kundin die Ware umsonst einpackt, verstößt sie gegen eine Dienstvorschrift und bekommt Ärger. Nicht, dass das unsere Kundin wirklich interessieren würde. Und außerdem würde die Verkäuferin die Diskussion nur auf einen späteren Termin verschieben. Nämlich auf den, an dem die gleiche Kundin wieder in den Laden kommt und wieder etwas als Geschenk verpackt haben möchte. Doch wird es dann vermutlich ungleich langwieriger, ihr dann plausibel zu machen, dass sie dann aber endgültig dafür bezahlen muss. Also handelt die Verkäuferin völlig korrekt und jedes weitere Wort wäre hier eigentlich überflüssig. Aber da muss sie jetzt wohl durch: »Ich weiß jetzt nicht, was Sie meinen. Wenn ich Ihnen die Orchidee verpacken soll, muss ich es Ihnen berechnen.« Und ob Sie es glauben oder nicht, dämmert der Kundin so langsam, dass sie sich an der Verkäuferin die Zähne ausbeißt. »Na gut, dann verpacken Sie sie halt! Aber schön, sonst bezahle ich nichts extra!«

Hat man ja gewusst, dass da noch ein Spruch kommen musste. Und die Verkäuferin, die tagein, tagaus mindestens zwanzig wunderschöne Geschenkverpackungen anfertigt, möchte am liebsten sagen: »Hier haben Sie Papier, hier ist die Folie – dann machen Sie es doch einfach selbst! Dann ist es auch sicher so, wie Sie es sich vorstellen!« Aber natürlich beherrscht sie sich und fragt nach getaner Arbeit: »Ist es Ihnen so recht?« Die Kundin, natürlich nicht gewillt, so ganz ohne verletzend bissigen Kommentar aus dem Laden zu verschwinden, erwidert: »Ph! Und dafür muss man was zahlen? Beim nächsten Mal nehme ich lieber eine Tüte! Die kostet nichts!« Die Verkäuferin macht sich in Gedanken sofort eine Notiz: Chef ansprechen – künftig für Tüten 50 Cent berechnen …

»Macht dann 10,45 €, bitte«, sagt die Verkäuferin. »Na, jetzt haben Sie sich aber verrechnet! Wenn schon, denn schon. 50 Cent kostet die Verpackung, 9,95 € die Orchidee, das macht dann doch 10,55 €!«, antwortet unser Mathematikgenie abfällig dreinschauend.

Setzen! Sechs!

Aber die innere Genugtuung lässt die Verkäuferin über sich selbst hinauswachsen. »Oh, entschuldigen Sie bitte vielmals! Natürlich haben Sie Recht!« und kassiert, sich innerlich schüttelnd vor Lachen, 10,55 €. 10 Cent für die Kaffeekasse – nicht schlecht. Und das von einer, die eine halbe Stunde um 50 Cent diskutiert hat.

Kleinvieh macht schließlich auch Mist!

»Was du nicht willst, das man dir tu, das füg auch keinem anderen zu«

Verkäuferinnen sind auch nur Menschen. Ob man es glaubt oder nicht, können sie nicht einfach ihre Gefühle an der Ladentür abgeben und abends nach Feierabend wieder aufnehmen, auch wenn sich manche diese Fähigkeiten sicher gerne aneignen würden. Denn wenn man sie verletzt, beleidigt, oder grundlos niedermacht, sind auch sie am Boden zerstört, wie jeder Mensch.

Ich möchte an dieser Stelle noch einmal darauf aufmerksam machen, dass ich mir die Geschichten nicht in einem Anflug von Langeweile ausgedacht habe. Die Geschichten sind alle so passiert. Entweder habe ich sie am eigenen Leib erlebt oder sie wurden mir aus erster Hand und zuverlässiger Quelle zugetragen. Und ich denke, dass Sie nun beim Lesen der nächsten Seiten daran zweifeln könnten. Denn was nun kommt, ist so unverschämt, dass man nicht glauben möchte, dass es solche Menschen überhaupt gibt. Man möchte sie schütteln, sie fragen, was das soll. Und die Verkäuferin auf den nächsten Seiten hätte dem Kunden sicherlich mit Vorliebe eine ordentliche Backpfeife verpasst! Meine Unterstützung hätte sie jedenfalls. Aber lesen Sie selbst.

Dieses Mal findet unsere Geschichte in einem Baumarkt statt, Dieser Baumarkt hat auch eine große Gartenabteilung. Und es ist Pflanzzeit, also viel Arbeit für die dort Beschäftigten. Da hat man abends schon mal »Rücken« und »Füße«, wie es der gute Horst Schlämmer ausdrücken würde. Denn was viele Kunden nicht sehen, ist die Arbeit hinter den Kulissen. Das ist manchmal ein richtiger Knochenjob. In der größten Hitze stehen die

Mitarbeiter draußen und wuchten Holz, Paletten und Steine an ihren Platz. Nicht alles übernimmt der Gabelstapler – vieles ist reine Handarbeit und verlangt den Mitarbeitern einiges an Muskelkraft und Schweiß ab.

Auch im Folgenden handelt es sich bei der Person hinter der Ladentheke um eine Frau. Warum ist das eigentlich so? Warum sind in den meisten Fällen Frauen die Leidtragenden im Umgang mit Kunden? Während meiner Recherche zu diesem Buch hat sich kaum ein Mann gemeldet, der seine Erfahrungen im Einzelhandel hätte preisgeben können. Ist es so, dass die meisten männlichen Kollegen nicht so oft unter der Willkür mancher Kunden zu leiden haben? Wird hinter den männlichen Kollegen generell eine Führungsposition vermutet? Und wenn ja, traut man den Verkäuferinnen – egal in welcher Branche – keine hohe Schulbildung zu oder einen IQ jenseits der 80? Ohne meine eigene Schulbildung als herausragend zu bezeichnen, habe ich mein Abitur doch mit einem guten Durchschnitt gemacht. Und auch meinen IQ schätze ich subjektiv höher ein als den eines Eichhörnchens. Warum werden dann die meisten Frauen in diesem Beruf falsch eingeschätzt? Oder besser ausgedrückt: unterschätzt? Manchmal ist es ja gar nicht so schlimm, unterschätzt zu werden. Passiert dies und hat man die Gelegenheit, das Gegenteil zu beweisen, ist das ein äußerst befriedigendes Gefühl und streichelt das Ego. Aber in der täglichen Situation im Laden kann ich das gar nicht genießen. Dort scheint es mir eher ein täglicher Kampf zu sein – um Anerkennung und um simpelste Menschenrechte wie Würde und Achtung. Diese Arbeitsbedingungen, die vom Kunden selbst geschaffen werden, kann man jedoch nur auf Dauer durchhalten, wenn man eine gehörige Portion Galgenhumor besitzt oder sich, wie ich, den Frust von der Seele schreiben kann.

Die Verkäuferin im Baumarkt muss jedenfalls eine ganze Menge Galgenhumor besitzen, sonst hätte sie in der folgenden Situation wohl nicht so gelassen reagiert.

Sie hat gerade die Inventurlisten vom Samstag beendet und schlägt sich mit dem Faxgerät rum, welches mal wieder nicht so will wie sie. Am Servicetresen steht ein Kunde, der ihre Fehlversuche mit dem Fax nur müde belächelt. Ja, ja, Frauen und Technik – man kann ihm diese Gedanken förmlich von der Nasenspitze ablesen. Auf die Idee, dass das Gerät einen technischen Defekt haben könnte, kommt er nicht. Für ihn passen Frauen und Technik ebenso gut zusammen wie saure Gurken und Schlagsahne – nämlich gar nicht. Und damit die Verkäuferin seine Einstellung auf jeden Fall mitbekommt, sagt er: »Wie wäre es, wenn Sie da mal einen Ihrer männlichen Kollegen ranlassen? Sonst wird das nie was!« Hm, schon klar. »Unser Fax funktioniert nicht richtig. Das spinnt manchmal. Da macht es leider auch keinen Unterschied zwischen Männlein und Weiblein«, antwortet die Verkäuferin und beschließt, das Problem auf einen späteren Zeitpunkt zu vertagen – nämlich, wenn der Kunde weg ist und sie keine weiteren dummen Sprüche zu erwarten hat. Sie widmet sich nun dem Kunden: »Was kann ich für Sie tun?« Der Kunde zieht sofort alle Register: »Das kommt darauf an, wie gut Sie sind! Aber während der Arbeitszeit bekämen Sie doch da sicher Ärger.« Und ein breites Grinsen offenbart seine ganze stille Schönheit: drei faule Zähne oben, vier unten, und diese fiesen Spuckefäden, die sich von einem Mundwinkel zum nächsten ziehen. Igitt! Na prima! Herzlichen Glückwunsch! Sexuelle Andeutungen von Graf Dracula höchstpersönlich! Der Tag kann nur mies werden!

Warum sind eigentlich manche Männer so? Lassen wir die dummen Äußerungen mal beiseite, die holen noch nicht mal meine Urgroßmutter hinterm Ofen raus. Aber warum glauben Männer wie er, dass Frauen auf so eine Gesichtsbaracke mit ekstatischen Lustschreien reagieren? Oder wollen sie in einem solchen Fall nur das starke Geschlecht mimen und markieren auf diese Art ihr Revier? Mal ehrlich, so Typen wie der täten gut daran, zum Markieren ihres Reviers in die Ecken zu pinkeln!

Nur weil wie in diesem Fall die Verkäuferin etwas fülliger ist und ihre Oberweite etwas außerhalb der Norm liegt, ist sie doch nicht gleich ein billiges Flittchen ohne jegliches Niveau! Sie hat ohnehin mit den Pfunden auf ihren Rippen zu kämpfen und strotzt nicht gerade vor Selbstbewusstsein und unbändigem Sexappeal. Wäre Graf Dracula eher ein George Clooney gewesen, hätte sie sich vielleicht geschmeichelt gefühlt – vielleicht. Aber in diesem Moment fragt sie sich nur, warum es ausgerechnet eine Schönheit auf Urlaub auf sie abgesehen hat! Aber sie versucht, so desinteressiert wie nur irgend möglich zu wirken und fragt nochmals: »Also, wie kann ich Ihnen helfen?« – »Ob Sie mir helfen können, weiß ich nicht.« – Wieder dieses blöde Grinsen. – »Aber ich hatte angerufen und hab was zurückstellen lassen.« Oh man, die Arme! Wo ist Amnesty International, wenn man sie braucht? Die Verkäuferin fragt jedoch unbeirrt weiter: »Was war das denn? Und auf welchen Namen ging das?« – »Auf den Namen Brad Pitt natürlich – haben Sie mich nicht gleich erkannt?«

Nein, hat sie nicht. Wie sollte man da auch gleich drauf kommen? Ich war der Meinung, Brad Pitt hätte noch alle Zähne im Mund. Die Verkäuferin ringt mit der Fassung und zischelt durch die Zähne: »Sehe ich etwa aus wie Angelina Jolie?« Sie geht schnell in Gedanken die letzten dreißig Jahre durch. Hat sie jemals jemanden gequält? Nein. Hat sie in letzter Zeit irgendwelche schlechten Karma-Punkte gesammelt? Nein. Gibt es einen Grund, warum ausgerechnet ihr dieser Typ Mann begegnen müsste? Auch nicht.

»Also, auf welchen Namen?«, fragt sie nochmal. »Oh, sind wir die Unnahbare?«, fragt Graf Dracula. »Ja, so sind sie die Weiber. Sagen Nein und meinen Ja.«

Ja klar, hier haben wir es mit einem echten Frauenversteher zu tun! Wenn Selbstbewusstsein Strom erzeugen könnte, hätten wir keine Energiekostenerhöhung zu befürchten!

»Hören Sie, ich hab noch eine Menge Arbeit. Sagen Sie mir bitte Ihren Namen, dann hole ich Ihnen Ihre Ware«, sagt die Verkäuferin ziemlich genervt. Ziemlich beleidigt, und sich allmählich der Tatsache bewusst, dass sein nicht vorhandener Charme hier nichts klarmachen kann, antwortet der Kunde: »Na gut, Schätzchen. Auf den Namen Weber.« – »Grrrrr, ich bin nicht Ihr Schätzchen!« Aber auch diese Gedanken behält die Verkäuferin für sich – zu Unrecht, wie sich gleich rausstellen wird. »Und was hatten Sie zurückstellen lassen?« – »Fünf mal Fette Henne. Aber damit meinte ich jetzt nicht Sie«, sagt er, abermals sein schmieriges Grinsen zeigend.

Okay, was zu viel ist, ist zu viel. Die Verkäuferin, sonst im Privatleben eigentlich nicht auf den Mund gefallen, ist sprachlos. Der hässliche, Achselshirt tragende, stinkende Widerling ohne Zähne und Anstand hat die Wunde gefunden und streut nun kräftig Salz hinein. Ist der immer so ein chauvinistisches Arschloch? Oder ist er etwa beleidigt, dass die Verkäuferin auf seine dumme Anmache nicht mit Jubel und Begeisterung reagiert hat? Das kann doch aber nicht sein voller Ernst sein! Er, der locker ohne Schminke und Maskenbildner in jedem Gruselschocker die Hauptrolle spielen könnte, schafft es, der Verkäuferin einen riesigen Minderwertigkeitskomplex zu verschaffen! Muss man sich eigentlich alles gefallen lassen? Erwarten das die Vorgesetzten? Dass man des Umsatzes wegen seinen eigenen Stolz an den Teufel verhökert? Das kann es doch nun wirklich nicht sein!

Aber lassen Sie mich der Vollständigkeit halber diese eigentlich rhetorisch gemeinte Frage beantworten: Ja. Ganz knapp und unspektakulär, ja. Das wollen die Bosse! Man selbst wäre immer die Dumme, wenn man das einzig Richtige in einer solchen Situation täte – nämlich sich das nicht gefallen lassen! Glauben Sie mir. Würden Sie genau das tun, schwärzt der Kunde Sie als unfreundliche und inkompetente Ziege bei Ihrem Chef an und Sie verlieren unter Umständen nicht nur die Contenance. Das klingt hart, ist aber so! Daher fordere ich von den Arbeitgebern einen Zuschuss in die medizinische Versorgung ihrer Angestellten! Baldrian und Johanniskraut sind auf die Dauer ganz schön teuer, und auch der Yoga-Kurs will irgendwie bezahlt werden. Das wäre doch mal eine echte Investition, die sich nach kürzester Zeit bezahlt machen würde! Am Morgen dann noch schnell ein Gläschen Sekt zum Anwärmen und statt Milch im Kaffeeautomaten einen Schuss Rum für den Kaffee – DAS wären arbeitsplatzgerechte Maßnahmen! Okay, die Pendler bräuchten zusätzlich noch einen Chauffeur – ist nüchtern betrachtet vielleicht doch etwas teuer. Aber wie wäre es mit gesundheitlich unbedenklichen Dosen Lachgas in der Klimaanlage? Was wäre das doch ein Paradies der guten Laune und des Lächelns!

Den Rest des Verkaufsgespräches kann ich Ihnen und mir ersparen. Die Verkäuferin macht nichts anderes als ihren Job, holt dem Kunden seine Ware, kommt aber nicht umhin, ein paar Ästchen seiner blöden Fetten Henne abzubrechen, und schickt ihn zur Kasse. Sie schließt mit sich selbst einen Pakt und schwört bei George Clooney, ihre Fette Henne aus dem Garten zu verbannen!

Na, und? Ist doch eine gute Idee von mir gewesen, dass ich Sie vor diesem Kapitel nochmals daran erinnert habe, dass ich mir diese Geschichten nicht einfach so ausdenke, sondern dass sie wirklich passiert sind. Hätten Sie mir sonst geglaubt? Das glaube ich jedenfalls nicht!

Ach ja, und nur so nebenbei bemerkt: Wir Frauen können ein Ja und ein Nein sehr wohl voneinander unterscheiden und im richtigen Moment gebrauchen! Wenn wir Nein sagen, liebe männliche Leser, meinen wir das auch so! Und wenn Sie glauben, unwiderstehlich zu sein – behalten Sie es bitte für sich!

»Abends wird der Faule fleißig«

Ich habe lange überlegt, ob ich der Thematik »Feierabendkunde« ein eigenes Kapitel widmen soll. Denn alle Kollegen im Einzelhandel kennen wohl diese Problematik. Aber genau deswegen hab ich mir gedacht, dass dies ein eigenes Kapitel verdient.

Und da ich für die Überschrift auch gerade so ein passendes Sprichwort parat habe, überlege ich nicht lange, sondern lasse Sie teilhaben an den wohl unbeliebtesten Kunden im ganzen Tagesgeschäft. Vielleicht denken Sie bei Ihrem nächsten Einkauf um kurz vor Schluss einmal daran. Und wenn nur ein Kunde nach dem Lesen dieser Zeilen umdenkt und sich künftig nicht mehr um kurz vor Feierabend ins Geschäft begibt, habe ich ja schließlich was erreicht.

Nur um eins klarzustellen, ich prangere hier nicht die Kunden an, die eine halbe Stunde vor Feierabend ihren Einkauf erledigen. Oder die, die etwas vergessen haben und nur mal eben kurz in den Laden reinspringen, kaufen, und wieder gehen. Vielmehr meine ich diejenigen, die um zwei Minuten vor Ende in den Laden kommen, nicht wissend, was sie eigentlich genau brauchen, dann ewig suchen und ihren Einkaufsbummel bis zwanzig Minuten nach Feierabend ausdehnen, um anschließend mit einem Teil zu 40 Cent an die Kasse zu kommen und dazu dann noch eine Beratung wünschen. DAS sind echte Kundenkoller-Kandidaten! Und da der Kunde selbstverständlich König ist, hat er natürlich null Verständnis für die Verkäuferin, die zu ihrem Kind muss, weil der Babysitter eigentlich schon seit zehn Minuten weg sein wollte. »Ist doch nicht mein Problem!«, bekommt man dann zu hören. Und das ist die verdammte Ignoranz in unserer ich-bezogenen Gesellschaft, die meine Wut zum Kochen bringt! Alle regen sich über die Politik auf, über die Preiserhöhungen, über das, was »die anderen« so alles falsch machen.

Anstelle sich mal an der eigenen Nase zu fassen und vor der eigenen Haustüre zu kehren, regen sie sich über das vermeintlich Unvermeidbare auf. Sigmund Freud hätte mit seiner »Ich-, Es-, Über-Ich«-Theorie seine helle Freude in unserer heutigen Gesellschaft. Pisa-Studie? Dass ich nicht lache! Man sollte eine Eltern-Studie veranlassen, eine Art Führerscheinprüfung, die die Eltern zu Werte-Vermittlern ausbildet. Damit hätte man als Erwachsener vielleicht etwas mehr Verständnis für die Belange anderer und etwas weniger Ich-Bezogenheit. DAS wäre doch ein echter Gewinn!

Aber nun genug der einleitenden Worte. Ich möchte Sie dieses Mal in einen Supermarkt entführen. Dieser Supermarkt hat seit kurzem seine Tore von morgens 7 Uhr bis abends um 22 Uhr geöffnet, eigentlich genug Zeit, seine Einkäufe zu erledigen. Hier hat man wirklich an alle Kunden gedacht, an die Langschläfer, die Schichtdienstarbeiter, die Frühaufsteher – nur nicht an diejenigen, die auch gerne noch nach 22 Uhr eine Packung Weichspüler kaufen möchten, da sie schließlich die letzte Packung heute angebrochen haben. Und wer weiß, vielleicht gibt es ab morgen auf der ganzen Welt keinen Weichspüler mehr zu kaufen, weswegen sie ihren Einkauf unbedingt zu nachtschlafender Zeit erledigen möchten.

Eine Kundin kommt um 21.57 Uhr in den Laden. Diese Frau ist leider keine »Rein-kaufen-raus«-Kundin, sondern vielmehr bekannt für ihre ausgedehnten Einkaufsbummel. Wäre ja nicht weiter schlimm, aber diese Kundin kommt seit Wochen immer pünktlich kurz vor Ladenschluss. Man könnte fast meinen, dass sie das extra macht. Jedes Mal lässt sie ein kurzes »Haben Sie schon geschlossen?« durch den Raum los, sich bewusst, dass dies niemand bejahen könnte. Würde sich dies jemand wagen, wäre der vermutlich seinen Job los.

Und so betritt die Dame wie gewohnt hochnäsig und langsam schreitend die Obst- und Gemüseabteilung. Sie überprüft kritisch die Auslage und steuert auf die Erdbeeren zu. Nachdem sie die erste Schale hochgehoben und von allen Seiten beäugt hat, nimmt sie die nächste Schale und fährt mit ihrer Detektivarbeit fort. Nach etwa fünf Minuten hat sie alle Schalen durch, schüttelt angewidert mit dem Kopf und sagt laut vernehmbar: »Also für den Preis kaufe ich keine Erdbeeren! Die sind ja teilweise schon nicht mehr genießbar! Dass man das noch den Kunden anbietet, ist ja nun wirklich eine bodenlose Unverschämtheit!« Und mit diesen Worten geht sie zu einer Mitarbeiterin, die begonnen hat, die Ware aus der Obst- und Gemüseabteilung auf einen Karren zu stapeln, um sie über Nacht ins Kühlhaus zu bringen. »Kann ich bitte den Geschäftsführer sprechen?«, fragt sie affektiert und begutachtet gelangweilt ihre frisch manikürten Fingernägel. »Das tut mir leid, der Filialleiter ist seit acht Uhr nicht mehr hier. Der hat schon Feierabend«, antwortet die Verkäuferin. »Was? Ein Geschäft ohne Führungspersonal? Wo kommen wir denn da hin? Dann hätte ich gerne den stellvertretenden Marktleiter gesprochen!«, erwidert die Kundin forsch. »Warten Sie bitte. Ich schau mal nach, ob Herr Sarasaki noch da ist«, bittet die Verkäuferin. »Herr Wer? Auch noch ein Ausländer! Das kann ja heiter werden! Versteht der gute Mann mich überhaupt?«, fragt die Kundin und rümpft ihre operierte Nase. Die Verkäuferin lässt sich auf keine Diskussion ein, sondern antwortet nur knapp: »Das glaube ich schon, Herr Sarasaki lebt schon seit dreißig Jahren in Deutschland.« Und mit diesen Worten verschwindet sie ins Büro. Kurze Zeit später erscheint sie wieder mit Herrn Sarasaki im Schlepptau. »Ich möchte mich beschweren!«, beginnt die Dame sofort, ohne dem Herrn auch nur ein Wort des Grußes entgegenzubringen. »Guten Abend! Was gibt es denn für ein Problem?«, fragt der stellvertretende Marktleiter freundlich. »Welches Problem? Zuerst suche ich in

Ihrem Chaos hier verzweifelt die Erdbeeren. Dann, nachdem ich sie endlich gefunden habe, sind die meisten davon schon zerdrückt und absolut unappetitlich, und dann bekomme ich noch von der unfähigen Verkäuferin zu hören, dass der Marktleiter bereits Feierabend hat! Das sind doch gute Gründe, sich zu beschweren!«, raunzt sie ihn an. »Unser Marktleiter hat bereits seit acht Uhr Feierabend, da er um sechs Uhr heute in der Früh schon seinen Dienst angetreten hat. Und an seiner Stelle bin ich ja da«, antwortet Herr Sarasaki. »Ja, haben Sie denn die gleichen Rechte wie Ihr Chef? Oder läuft meine Beschwerde hier ins Leere, weil man mir aus dem Weg gehen möchte?«, fragt die Dame. Die Verkäuferin, die bis hierher das Gespräch mitverfolgt hat, schüttelt fast unmerklich den Kopf und widmet sich wieder ihrer Aufgabe, das Obst und das Gemüse in den Kühlraum zu fahren. Sie sieht auf ihre Uhr, und die zeigt mittlerweile 22.10 Uhr an. »Sie können sicher sein, dass Ihre Beschwerde nicht ins Leere läuft. Ich werde sie gleich morgen früh an den Marktleiter weitergeben. Da können Sie ganz beruhigt sein«, sagt Herr Sarasaki, der die Sticheleien sehr wohl verstanden hat, sich aber nicht auf das augenscheinlich niedrige Niveau der Frau herablassen möchte. Recht hat er! »Und wie komme ich jetzt an meine Erdbeeren?«, fragt die Kundin, obwohl selbst ein Kleinkind ihr diese Frage relativ schnell beantworten könnte. Gar nicht mehr! Kein Geschäft hat nach 22 Uhr noch offen! Und wenn ihr die aus der Auslage nicht gefallen, muss sie wohl oder übel bis morgen warten. Ist doch logisch! Aber hier beißen wir auf Granit, wenn wir glauben würden, dass dieses Argument für die Kundin ausreichend wäre. »Ich hätte aber gerne noch Erdbeeren! Da hab ich schon den ganzen Tag Lust drauf!«, sagt sie entrüstet und kampfbereit. »Hören Sie, wir haben mittlerweile geschlossen und ich kann Ihnen leider keine anderen Erdbeeren anbieten! Morgen früh kommt frische Ware. Und wenn Sie am Vormittag reinschauen, dann können Sie gewiss sein, dass Sie noch die freie

Auswahl in unserem Sortiment haben. Nur so spätabends ist natürlich das Beste schon weg«, antwortet Herr Sarasaki, seine Wut zurückhaltend. »Ach so! So ist das also! Was ist das denn für ein Saftladen, der abends für die Kunden keine Auswahl mehr hat! Warum haben Sie dann so lange geöffnet, wenn man dann doch nichts mehr bekommt!«, wettert sie los.

Okay. Sehen wir uns mal um. Also ich für meinen Teil finde, dass die Regale bis zum Anschlag mit Ware gefüllt sind. Wie kommt sie nur darauf, dass »... man dann doch nichts mehr bekommt«? Ich würde zu einer Sehhilfe raten, vielleicht eine mit Durchblick???

»Da kann ich leider heute Abend nichts mehr für Sie tun.« Herr Sarasaki hat die Faxen dicke! Aber er lässt sich das nicht anmerken. »Tja, SIE sind ja auch NUR der stellvertretende Marktleiter. Ihre Chefetage wird schon wissen, warum! Dann werde ich mich noch ein wenig umsehen und etwas anderes kaufen«, erwidert sie patzig wie ein kleines Kind, dem man den Ball weggenommen hat. »Auch wenn Sie schon geschlossen haben, werde ich doch noch kurz einen angemessenen Ersatz für meine Erdbeeren aussuchen dürfen, oder wollen Sie mich jetzt vor die Tür setzen?«, fragt sie provokativ weiter. Herr Sarasaki seufzt und antwortet: »Nein, hier möchte Sie niemand vor die Tür setzen. Schauen Sie ruhig weiter.«

Unsere Kundin, ein Siegeslächeln auf ihrem Gesicht, dreht sich um und schüttelt augenblicklich wieder ihren Kopf. Herr Sarasaki, der bereits auf dem Weg in Richtung Büro ist, wird von ihr zurückgepfiffen: »Herr Stellvertreter! Wo sind denn die Nektarinen? Haben Sie davon etwa auch keine mehr?« Mit der Faust in der Tasche kommt er widerwillig zurück und sagt: »Die hat meine Kollegin bereits ins Kühlhaus gefahren.« – »Dann sagen sie ihr, sie soll sie nochmal rausfahren! Wenn ich schon keine Erdbeeren bekomme, dann wenigstens Nektarinen!«, befiehlt die Kundin. Am liebsten möchte Herr Sarasaki die

Kundin geteert und gefedert aus dem Laden schmeißen. Aber das kann er natürlich nicht machen. Er weiß genau, dass sie sich nur noch mehr Zeit lassen würde, wenn er ihr die blöden Nektarinen verweigern würde. Also bittet er seine Kollegin, das Obst nochmal aus dem Kühlhaus zu fahren. Die ist gereizt bis in die Haarspitzen, denn ausgerechnet das Obst steht in der hintersten Ecke. Sie muss also die fünf Karren mit Salat und Paprika beiseiteschieben, damit sie an die Nektarinen rankommt. Und damit nicht genug! Die Kundin wünscht selbstverständlich, ALLE Nektarinen zu sehen, damit sie sich die besten raussuchen kann. Also stapelt die Verkäuferin eine Kiste nach der anderen ab und wieder auf, bis die Kundin alle Nektarinen gesehen hat.

Sie glauben jetzt, die Kundin ist zufrieden und verlässt den Supermarkt? Na, so einfach gibt die sich nicht geschlagen! Im Gegenteil. Sie rümpft wieder ihr operiertes Näschen, wie sie es eben schon bei den Erdbeeren getan hat, und hebt angeekelt die Hände in die Luft: »Also, nein! Auch hier das Gleiche! Nur Müll! Nein, unter diesen Umständen können Sie die Nektarinen behalten!« Die Verkäuferin verspürt ein unbändiges Gefühl, ihr die Kisten mit dem Obst an den Kopf zu werfen! Herr Sarasaki steht mit offenem Mund daneben und ist zu keiner vernünftigen Reaktion mehr fähig. Die Kundin hingegen schlendert langsam weiter und bedient sich letztendlich an den Bananen. Sie packt mit Daumen und Zeigefinger zwei Bananen in eine Tüte, als habe sie soeben eine tote Ratte zwischen ihren Fingern gehabt. Dass die Uhr mittlerweile 22.25 Uhr anzeigt, ist ihr ebenso egal wie die Mühen, die die Verkäuferin gehabt hat, die Nektarinen für sie auf- und abzustapeln.

Als sie endlich um 22.40 Uhr mit ihren zwei Bananen ins Dunkle der Nacht hinaustritt, atmen alle Mitarbeiter im Supermarkt hörbar auf. Endlich können sie ihre Arbeit zu Ende machen und in den wohlverdienten Feierabend gehen. Bis zum nächsten Kundenkoller-Kandidaten!

»Der Dieb meint, sie stehlen alle!«

Dieses Kapitel möchte ich gerne mit einem Zitat von Albert Einstein eröffnen: »Der Horizont der meisten Menschen ist ein Kreis mit dem Radius Null. Und das nennen sie ihren Standpunkt.«
Sie finden das Zitat ziemlich krass? Gut! Genau das wollte ich erreichen! Denn manche Kunden verdienen es nicht anders, als mit krassen Aussagen verglichen zu werden! Denken Sie jetzt, dass meine Worte ziemlich frech sind? Dann lesen Sie weiter und überzeugen Sie sich davon, dass das eigentlich noch nicht frech genug ist! Ich wette, ein paar Seiten weiter werden Sie nicken und sagen: »Cornelia, Sie haben den Nagel auf den Kopf getroffen!«

Tatort: Gärtnerei. Auch wenn in den meisten Krimis der Gärtner der Mörder ist, hat sich die Gärtnerin in diesem Fall nichts vorzuwerfen. Im Gegenteil! Sie beweist kriminalistisches Geschick und ein feines Gespür für ausgesprochen dreiste Langfinger! Columbo wäre wirklich stolz auf sie!
Zeitpunkt der Tat: 31. Oktober, einen Tag vor Allerheiligen. Zu dieser Jahreszeit ist bekanntermaßen in Gärtnereien die Hölle los, weil alle Welt noch auf den letzten Drücker die Gräber ihrer verstorbenen Angehörigen verschönern muss. Viele der Kunden würden es am liebsten nicht tun, denn schließlich kostet es eine ganze Stange Geld. Und wofür? Nur, damit Frau Schmitt nicht über die schäbige Bepflanzung der Frau Mayer meckern kann! Demjenigen, dessen letzte Ruhestätte dort verschönert wird, ist es am Ende eh egal. Also geht es an Allerheiligen doch nur um Geschäftemacherei und um das, was die Nachbarn denken, wenn das Grab der lieben Frau Mama nicht in Topform ist!
Das, liebe Leser, ist nicht meine persönliche Einstellung zu Allerheiligen, sondern im Allgemeinen die der meisten Kunden

in der Gärtnerei. Und wer mit dieser Einstellung einen Tag vor Allerheiligen eine Gärtnerei betritt, ist in der Regel nicht in Feiertagslaune! Wem aber glauben Sie schiebt der Kunde die Schuld an seinem Frust am Liebsten in die Schuhe? Natürlich der Verkäuferin hinter der Ladentheke! Sie, die ja schließlich in diesem Moment Ansprechpartnerin und zugleich Vertreterin der Gärtnereiinnung ist, bekommt die volle Breitseite zu spüren! Und wenn man bedenkt, dass etwa 85 Prozent der Kundschaft an diesem Tag genau diese Laune ausstrahlt und sie laut kundtut, und dass Allerheiligen natürlich neben Muttertag und Valentinstag einer der umsatzstärksten und somit kundenreichsten Tage in dieser Branche ist, kann man nur erahnen, wie dick das Fell der Mitarbeiter sein muss!

Mein Tipp an die Kollegen aus diesem Fachbereich: Ohren auf Durchzug stellen oder ordentlich mit Watte zustopfen! Gedämpfter Frust ist halber Frust.

Aber die Gärtnerin in diesem speziellen Fall hat dann doch gut daran getan, meinen Ratschlag nicht zu befolgen. Sonst wäre sie nicht Zeuge dieses dreisten Verbrechens geworden.

Es ist morgens 9.30 Uhr. Die Schlange an der Kasse hat mittlerweile bedrohliche Ausmaße angenommen und hinter der Ladentheke sieht man viele rauchende Köpfe und geschäftige Hände. Jeder Mitarbeiter der Gärtnerei bedient mittlerweile mindestens zwei Kunden gleichzeitig, damit die Schlange nicht noch länger wird. Natürlich regt sich mindestens jeder zweite Kunde über den Betrieb im Laden auf, obwohl er ja alleine nur durch seine Anwesenheit dazu beiträgt. Aber machen Sie das denen mal begreiflich!

Die Stimmung könnte schlechter nicht sein, denn die überforderten Angestellten bekommen natürlich zum fünfhundertsten Mal innerhalb von drei Stunden erzählt, dass Allerheiligen doch nur eine Erfindung der Gärtner und Floristen sei und dass das doch unverschämt wäre, usw. Und zum fünfhundertsten Mal innerhalb von drei Stunden lächeln die Angestellten müde und erschöpft und versichern glaubhaft, dass es Allerheiligen aber ganz bestimmt schon vor ihrer Geburt gegeben hätte und sie ganz bestimmt nichts für das Kommerzialisieren des Kirchentages können. Wie nennt man das noch gleich? Berufsrisiko!

Die Gärtner arbeiten wie an allen Hochtagen in der Branche nach einem bestimmten System, das sich in der Vergangenheit immer bewährt hat: Zwei bedienen die Kunden mit speziellen Sonderwünschen bezüglich diverser Pflanzschalen und Grabgestecke, zwei kümmern sich um die Vorbestellungen, einer räumt im Laden hinter den Kunden her und füllt Ware nach und einer steht an der Kasse. Zwischendurch werden die Posten immer wieder gewechselt, da man ansonsten nach spätestens zwei Stunden reif für die Klapsmühle wäre!

Als unsere dreiste Diebin den Laden betritt, hat gerade Frau Lange die Aufgabe des Aufräumens im Laden übernommen und Frau Neisen hat an der Kasse Stellung bezogen. Die Kollegen sind alle sehr angespannt, und trotz Minustemperaturen draußen und immerhin noch kühlschrankverdächtigen Temperaturen drinnen schwitzen sie und wischen sich nacheinander die Stirn.

Die Diebin, im Folgenden betitele ich sie der Einfachheit halber als Frau Elster, hat sich eine Grabschale mit Trockenblumen und Tanne ausgesucht und sieht sich in der Gärtnerei noch etwas um. Im Gegensatz zu allen anderen Kunden scheint sie die Ruhe wegzuhaben und schlendert gemütlich durch den Verkaufsraum. Damit Sie gleich feststellen können, dass Alter nicht vor Torheit schützt, komme ich nicht umhin Ihnen mitzuteilen, dass Frau Elster eher eine Dame älteren Semesters ist, die die achtzig schon überschritten hat oder wenigstens kräftig an ihnen rüttelt.

Die Grabschale, die sie sich ausgesucht hat, ist eine aus dem niedrigeren Preissegment. Von der Größe steht diese ihren teureren Pendants in nichts nach, nur ist hier eindeutig weniger Trockenmaterial verwendet worden und es fehlt die Grablampe, die in der höheren Preisklasse zum Standard gehört.

Frau Lange, die gerade das Trockenmaterial für Selbermacher auffüllt, registriert die Kundin kurz mitsamt ihrer Schale und widmet sich wieder ihrer Arbeit. Als sie gerade mit einem Eimer frischer Tanne aus dem Lager zurückkommt, beobachtet sie, wie die alte Dame das Wort Selbstbedienung wohl etwas fehlinterpretiert und ihrer Niedrigpreis-Grabschale zu einer Oberpreis-Grabschale verhilft. Sie bedient sich munter am Material der Gärtnerei und steckt hier was hin, da noch eine Schleife dazu, die Grablampe darf natürlich auch nicht fehlen, usw. Als Frau Elster der Meinung ist, ihre Schale sei nun voll genug, reiht sie sich in der Schlange an der Kasse ein.

Frau Lange, die das ganze Schauspiel mit etwas Abstand beobachtet hat, hat anscheinend feine Antennen für unehrliche Kunden und informiert vorsorglich ihre Kollegin an der Kasse, sie solle doch extra abwarten, was genau unser Langfinger bezahlen möchte.

Dann ist Frau Elster an der Reihe und legt abgezählt 8,95 € auf die Theke. Doch bevor sie abhauen kann, stoppt Frau Neisen die alte Dame rechtzeitig: »Entschuldigen Sie bitte! Aber das ist zu wenig Geld für die Schale. Da kommt noch was dazu.« Frau Elster, fest davon überzeugt, nicht beobachtet worden zu sein, antwortet überrascht: »Wieso das denn? Das ist doch aber eine Schale, die mit 8,95 € ausgezeichnet ist!« Jetzt mischt sich Frau Lange ins Geschehen ein: »Das ist schon richtig, aber nachdem Sie die ganzen Trockenmaterialien und auch eine Grablampe dazu gestellt haben, beträgt der Preis der Schale jetzt 12,95 €.« – »Was soll das heißen? Ich habe doch nichts dazugesteckt!«, erklärt Frau Elster vorwurfsvoll. »Doch, ich habe eben neben

Ihnen gestanden, als Sie die Schale bestückt haben«, sagt Frau Lange zu der verdutzten Kundin. »Da haben Sie mich bestimmt mit jemandem verwechselt. Ich war gar nicht in der Nähe Ihrer Materialien! Und auf der Schale klebt ein Etikett mit der Aufschrift 8,95 €! Daran sehen Sie doch, dass ich im Recht bin!«, erwidert Frau Elster, ohne auch nur ein bisschen rot zu werden. Pinocchio hätte ihr für das Lügen, ohne rot zu werden, beziehungsweise für das Lügen ohne lange Nase, vermutlich eine ganze Stange Geld geboten! »Ja, auf der Schale steht 8,95 €, das stimmt. So viel hat sie ja auch gekostet, bevor Sie das Trockenmaterial dazugesteckt haben. Aber mehr Material bedeutet auch höherer Preis!«, erklärt Frau Neisen in der Hoffnung, endlich auf einen Funken Reue oder Anstand zu stoßen. Denn diese sinnlose Diskussion lässt die Schlange an der Kasse nicht gerade schrumpfen. »Ich habe Ihnen doch bereits groß und breit erklärt, dass ich nichts dazugesteckt habe! Was unterstellen Sie mir hier eigentlich?«, fragt Frau Elster unbeirrt weiter.

In der Zwischenzeit hat Frau Lange schnell von der Seite eine »echte« Grabschale zu 8,95 € genommen und stellt sie zum Vergleich neben die »gepimpte« Variante von Frau Elster. »Hier, sehen Sie, das ist eine Schale zum Preis von 8,95 €. Da fehlt die Grablampe und auch sonst ist viel weniger Trockenmaterial drin verarbeitet.« – »Ja, das sehe ich! Und genau deswegen habe ich ja diese hier ausgewählt, weil hier mehr drin ist als in den anderen! Das ist ja wohl mein gutes Recht!«, antwortet Frau Elster.

Für sie ist die Sachlage klar! Sie bleibt unbeirrt auf ihrem Standpunkt, sie habe nichts dazugesteckt und die Schale kostet sie nur 8,95 €! Vermutlich ist sie der Meinung, wenn sie das Trockenzeug selbst dazusteckt, steht ihr als Belohnung genau dieses kostenlos zur Verfügung.

Jetzt hat sie aber ihre Rechnung ohne die Mitarbeiter der Gärtnerei gemacht. Frau Lange hat die Schnauze gestrichen voll! Sie sehnt sich den Feierabend herbei und vielmehr noch als das, dass diese Kundin endlich ihren dreisten Diebstahl zugibt. Diese ist zwar schon etwas älter, jedoch hat ihrer Meinung nach nur der Respekt verdient, der sich auch so benimmt! »Wissen Sie, es ist zwar Ihr gutes Recht, eine Grabschale Ihrer Wahl zu kaufen und diese auch zu bezahlen. Aber es ist nicht Ihr gutes Recht, sich an unserer Auslage hemmungslos zu bedienen und damit einen Ladendiebstahl zu begehen! Ich weiß was ich gesehen habe und das Corpus Delicti liegt hier vor uns auf der Theke. Wenn Sie möchten, können wir das gerne mit der Polizei klären!«, sagt Frau Lange bestimmt. Und die Ohren der wartenden Kunden werden immer länger. »Wieso denn die Polizei? Wollen Sie etwa sagen, dass ich ein Ladendieb bin? Das ist ja wohl lächerlich!«, wehrt sich Frau Elster, etwas schockiert über die schroffe Art der Verkäuferin. »Nun, da wir das offensichtlich nicht unter uns klären können, wird die Polizei das schon richten. Und ja, ich glaube, dass Sie ein Ladendieb sind!«, erwidert Frau Lange mit fester Stimme. »Ph, wie wollen Sie mir das denn beweisen? Da steht ja wohl Ihre Aussage gegen die einer alten, armen, gebrechlichen Frau!«, stellt Frau Elster breit grinsend fest. Mittlerweile ist in der Schlange hinter ihr neben aufgeregtem Gemurmel über die lange Wartezeit noch eine heftige Diskussion über die vermeintliche Ladendiebin entfacht. Aber das stört Frau Elster nicht die Bohne! Sie hat anscheinend in diesem Stadtviertel keinen Ruf mehr zu verlieren. Nur so erklärt sich ihre Gleichgültigkeit zu den Vorwürfen. Frau Lange hat jetzt endgültig genug. Sie holt zum finalen Wurf aus: »Wissen Sie, seit wir die versteckten Kameras im Laden installiert haben, geht uns kein Ladendieb mehr durch die Finger. Und da steht dann nicht mehr meine Aussage gegen die einer armen, alten, gebrechlichen und offensichtlich verlogenen Frau, sondern vielmehr müssen Sie der Polizei erklären, wieso Ihre Aussage nicht im Mindesten mit den Bildern auf den Kameras übereinstimmt!« Und um ihre Worte zu untermauern, verschränkt sie ihre Arme vor der Brust und grinst der Ladendiebin ins Gesicht. Alle Kunden blicken verdutzt in alle Ecken und an die Decke, und Frau Elster ist nun augenscheinlich doch mundtot gemacht. Sie läuft vor Scham rot an, und ohne ihre Schale zu kaufen, verlässt sie schnellen Schrittes die Gärtnerei. Frau Lange ruft ihr noch hinterher, dass sie froh sein solle, dass sie jetzt nicht doch noch die Polizei rufen würde. Und sie solle sich nicht mehr hier blicken lassen. Die anderen Kunden in der Schlange sind wohl ziemlich beeindruckt von der taffen Verkäuferin und sind plötzlich so freundlich, als hätten sie gerade etwas Supertolles geschenkt bekommen. Aha! So verschafft man sich also Respekt!

Und Frau Lange? Sie grinst selbstzufrieden, und ihre Kollegen auch. Denn Überwachungskameras hat es in dieser Gärtnerei noch nie gegeben.

»Beneficium accipere est libertatem vendere – Einen Gefallen anzunehmen bedeutet, seine Freiheit zu verkaufen!«

Vielleicht haben Sie den Spruch auch schon einmal gebraucht: Reicht man ihm den kleinen Finger, nimmt er gleich die ganze Hand!

Im Allgemeinen verwendet man diesen in den Momenten, in denen man übelst ausgenutzt wird oder man das Gefühl hat, immer nur zu geben und nie etwas zurückzubekommen.

Und Sie erinnern sich eventuell noch, wie sich das anfühlt. Es ist nicht gerade ein Erlebnis wie nach einem Sechser im Lotto oder wie der Adrenalinkick nach einer wilden Achterbahnfahrt. Es hat einen bitteren Beigeschmack, der einen eher an das verlorene EM-Finale erinnert als an Freudensprünge und Siegesjubel.

Und genau das erleben viele Berufstätige Tag für Tag. Und ich wage zu behaupten, dass die Einzelhandelsbranche davon besonders betroffen ist. Ich lehne mich sogar so weit aus dem Fenster und behaupte, dass die Kaufleute besonders beliebte Kandidaten auf der Couch im Behandlungszimmer eines Psychologen sind. Beweisen kann ich das natürlich nicht, aber nach meinen Erfahrungen im Umgang mit Kunden und nach den Schilderungen lieber Kollegen bleibt mir kaum anderes übrig, als genau das anzunehmen. Denn wie sonst lassen sich die haarsträubenden Geschichten aus dem Alltag aushalten und vor allem wieder vergessen?

Und auch in der nächsten wahren Geschichte bekommt die Verkäuferin wieder ordentlich die Willkür eines besonders hartnäckigen Kunden zu spüren, dass sie am liebsten verzweifeln möchte. Dagegen habe ich ein ganz gutes Rezept, welches ich des Öfteren in der Praxis anwende. Und schließlich hab ich noch nie eine psychologische Praxis von innen gesehen, also scheint es ja zu helfen: Wenn es mir zu bunt wird und ich das Gefühl habe zu platzen, gehe ich zwischen zwei Kunden einmal kurz auf die Laderampe unseres Lagers und schreie so laut ich kann meine Wut aus mir heraus! Okay, der eine oder andere Kunde hat dies schon einmal mitbekommen, besonders wenn er ziemlich nahe an der Laderampe vorbeigegangen ist. Aber auch hier weiß ich mir zu helfen und sage einfach, ich hätte mir übelst den Finger gequetscht, und das ließe mich Zeter und Mordio brüllen. Klappt prima! Meistens bekomme ich mitleidigen Zuspruch und niemand meckert, wenn ich mal eben kurz auf die Toilette verschwinden muss, um meinen Finger zu kühlen. Tja, man muss sich nur zu helfen wissen!

Die Verkäuferin im folgenden Kapitel hätte jedenfalls gut daran getan, sich den Frust von der Seele zu brüllen. Das hätte ihr vermutlich einige graue Haare und Augenringe erspart!

Und wo findet die Geschichte statt? Mal wieder in einem Blumengeschäft. Irgendwie scheinen die gut duftenden Blumen und die Farbenpracht der Blüten ein Aggressionspotenzial im Kunden zu erwecken. In jedem Fall füllen die Geschichten aus der Branche nahezu fünfzig Prozent der Seiten meines Buches. Sollte uns das zu denken geben? Vielleicht liegt es aber auch einfach daran, dass der Beruf des Floristen wie auch der des Friseurs und noch viele andere, Dienstleistungen sind, die dem Kunden nicht etwas Existenzielles verkaufen, sondern Dinge, die ihm das Leben verschönern sollen. Und vermutlich ist genau in diesem Bereich das größte Potenzial für Wutausbrüche und Extravaganzen vorhanden. Brot und Wasser MUSS der Kunde kaufen, die schönen Dinge im Leben wie eine schicke Frisur oder ein frischer Strauß Blumen nicht, und anscheinend hat er dann genau da etwas zu meckern, wenn es nicht zu zweihundert

Prozent nach seinen Vorstellungen geht. Im normalen Leben wird der Mensch klein gehalten, in seiner Freizeit und für sein Vergnügen tut er jedoch einiges, um zu seinem geglaubten Recht zu kommen. Diese Kunden sind es dann, die das eigentliche Mittelmaß verkörpern, obwohl sie aus genau dem ausbrechen möchten. Und das hat auch François Duc de La Rochefoucauld erkannt, als er sagte: »Mittelmäßige Geister verurteilen gewöhnlich alles, was über ihren Horizont geht.«

Aber zurück in unseren Blumenladen. Dieses Mal ist eine Verkäuferin alleine im Geschäft und hat alle Hände voll zu tun. Immer wieder bedient sie Kunden, bereitet hübsche Gestecke zu und dekoriert zwischendurch das Schaufenster des Ladens mit neuen Dekorationsartikeln.

Am Nachmittag betritt ein Mittfünfziger den Laden. Er ist eigentlich ein ganz netter Kunde, würde er der Verkäuferin nicht immer wieder eindeutige Avancen machen, die sie bereits zum hundertsten Mal abgelehnt hat und ihm eigentlich glaubhaft versichert hat, glücklich verheiratet zu sein. Er ist nicht wirklich unhöflich, sondern nur ziemlich penetrant nervraubend, und das kann genauso einen Kundenkoller auslösen! Als Frau Kniep den Kunden sieht, wie er sich dem Laden nähert, holt sie bereits tief Luft, weil sie genau weiß, was sie erwartet.

»Hallo Frau Kniep! Ist das eine Freude, Sie zu sehen! Sie strahlen mit der Sonne um die Wette, wissen Sie das?«, trällert er ihr entgegen. »Ja danke, das haben Sie mir schon mal gesagt. Aber heute scheint die Sonne gar nicht«, antwortet sie und täuscht rege Geschäftigkeit vor. »Ach, das wird schon noch, wo Sie doch heute Dienst haben! Sie werden sehen, Ihre Schönheit bringt auch noch die letzten Wolken dazu, vor der Sonne zu fliehen!«, flötet er weiter. Frau Kniep würde viel lieber vor ihm fliehen, aber das behält sie routiniert für sich. Er wird ja wohl gleich gehen. »Wie kann ich weiterhelfen?«, fragt sie, wie sie es gelernt hat. »Nun, meine Liebe, ich hätte gerne den schönsten Blumenstrauß, den die Welt je gesehen hat! Wissen Sie, einer unserer Kunden wird heute fünfzig, und ich möchte ihm eine Freude machen. Wären Sie so nett und würden da was Schönes für mich machen? Ich weiß doch, dass Sie die Beste sind!«

Vorsicht! Schleimspur! Verdammt rutschig hier!

»Ja, mach ich. Wie immer?«, fragt Frau Kniep, um das Gespräch möglichst schnell zu beenden und ihn schnell wieder los zu sein. »Aber natürlich, wie immer. Das überlasse ich ganz Ihnen. Sie sind ja schließlich vom Fach!«, antwortet der Kunde. Gerade in diesem Moment betritt eine Kundin den Laden und spricht ebenfalls die Verkäuferin an, sie hätte gerne einen Blumenstrauß gebunden. Frau Kniep bittet die Kundin kurz um Geduld und hofft, nun da unser Kunde Konkurrenz bekommen hat, dass er schnell den Laden wieder verlässt. »Oh, so ein Mist, ich muss gleich weiter. Ähm, Frau Kniep, seien Sie doch so gut und bringen ihn in die Hauptstraße 22, klingeln Sie bei Herbst im zweiten Stock! Ich komme einfach nicht mehr dazu, ihn rechtzeitig abzuliefern. Aber das liegt ja sowieso auf Ihrem Weg, nicht? Okay, danke schön, meine Liebe! Ich muss weiter. Und denken Sie nochmal über meine Einladung von letzter Woche nach! Die steht immer noch! Ich mache wirklich die besten Cannelloni der Stadt! Auf Wiedersehen!«, ruft er ihr noch zu und schwups, ist er verschwunden. Frau Kniep steht ziemlich verdattert da. Sie hat nicht einmal antworten können! Denn der Blumenladen liefert nicht aus! Das müsste sie nach Feierabend in ihrer knapp bemessenen Freizeit tun! Und von wegen die Hauptstraße liegt auf ihrem Weg. Das ist am anderen Ende der Stadt! Und eigentlich hat sie heute ihrem Mann versprochen, mal pünktlich zu Hause zu sein! Was soll sie denn jetzt machen? Als sie noch so überlegt, wird sie von der wartenden Kundin unterbrochen: »Ach, Sie bringen die Blumensträuße auch persönlich vorbei? Das ist ja prima! Dann können Sie meinen auch bitte liefern. Borengasse 7, Frau Flieder, vierter Stock.« – »Äh, Moment mal bitte. Wir liefern aber gar nicht aus«, sagt Frau Kniep. Die Kundin, die sich augenblicklich benachteiligt vorkommt, erwidert: »Aber dem Herrn dort haben Sie es auch zugesagt! Sie können doch nicht bei dem einen so und bei dem anderen so handeln! Ich bestehe darauf, dass mein Strauß auch ausgeliefert wird. Oder muss ich Sie etwa auch zu Cannelloni einladen?«, fragt die Kundin schnippisch. Oh man, arme Frau Kniep. Die Bemerkung ist wirklich überflüssig gewesen! Schließlich hat sie weder dem Kunden noch irgendjemandem etwas zugesagt! Und auf die Cannelloni pfeift sie sowieso! »Hören Sie, ich wurde gerade von dem Kunden ziemlich überrumpelt. Sie haben doch mitbekommen, dass ich ihm gar nicht mehr antworten konnte. Unser Laden liefert keine Blumen aus«, erklärt sie schnell. Aber das möchte die Kundin gar nicht hören. »Also wenn hier mit zweierlei Maß gemessen wird, hätte ich gerne die Telefonnummer von Ihrem Chef. Oder überlegen Sie es sich jetzt vielleicht doch noch anders und liefern meine Blumen an die von mir genannte Adresse?«, fragt sie schnippisch. Und was macht unsere liebe Frau Kniep? Sie denkt kundenorientiert und legt sich in Gedanken schon einmal die Entschuldigung für ihren Mann zurecht, warum sie heute schon wieder später nach Hause kommt. Um des lieben Friedens willen verspricht sie der Kundin, nach Feierabend den Strauß auszuliefern. Im Gegenzug bietet die Kundin an: »Ich empfehle Ihren Lieferservice gerne meinen Freunden weiter.« Tja, jetzt haben wir den Salat. Die Kundin geht, und Frau Kniep sieht sich in ihrer Gutmütigkeit selbst in den Allerwertesten gekniffen. Hätte sie doch wenigstens für ihren Lieferdienst einen ordentlichen Aufschlag berechnet, wäre ihr wenigstens etwas im Austausch zum Feierabend geblieben. Aber das Einzige, was sie davon hat, sind die Gedanken, die sie sich jetzt machen muss, wie sie die servicewütigen Kunden in ihre Schranken weisen kann. Denn sonst haben wir hier genau den Fall, den ich zu Anfang beschrieben habe: Sie reicht den kleinen Finger, und am Ende fehlt ihr der ganze Arm!

»Adel sitzt im Gemüte, nicht im Geblüte«

Wenn Sie ab und an mal diverse Filme im Fernsehen anschauen, haben Sie sicherlich schon mal folgende Szene verfolgen können: Ein Kunde in einem Restaurant beschwert sich übelst über sein Essen. Er bekommt zwar Ersatz, aber mittlerweile haben sämtliche Mitarbeiter des Restaurants darauf gespuckt und so ihrem Ärger Luft gemacht.

Sie denken, das sei weit hergeholt? Aus der Luft gegriffen? Nun, ich habe das zwar noch nie erlebt, aber trotzdem wäre ich mir da nicht so sicher! Manchmal bekommt man schon Rachegelüste, wenn ein Kunde gerade seinen Verleumdungen und Beleidigungen Luft gemacht hat. Nein, ich kann Sie beruhigen, auch wenn ich hier aus gutem Grund nicht verrate, in welcher Branche ich arbeite, habe ich so etwas Ekliges noch nie getan. Dran gedacht hab ich schon, zugegeben. Aber denken heißt noch lange nicht handeln! Würde man sich alles Schlechte nur noch denken, wäre die Welt halb so grausam und der Beruf des Therapeuten würde einen Boom erfahren, wie sonst nur die Börse in umsatzstarken Zeiten.

Aber manchmal können die Menschen wirklich grausam sein. Mir ist aufgefallen, dass dies oft solche sind, die sich finanziell keine Sorgen mehr machen müssen und das auch offen nach außen tragen. Bitte verstehen Sie mich nicht falsch! Ich kenne durchaus Leute, die reich und wohlhabend sind und die dennoch wissen, wie man sich benimmt. Aber ich berichte hier nur aus meiner Erfahrung, und vielleicht habe ich ausgerechnet die angetroffen, die keinen Funken Anstand im Leib haben. Aber über meine Aussage aufregen werden sich ohnehin wahrscheinlich nur die, die es betrifft. So ist es jedenfalls meistens.

Die Kundin, über die ich hier berichte, würde sich sofort angesprochen fühlen. Denn sie trägt wirklich alles zur Schau, was sie hat: Geld, Schmuck, teure Taschen und Kleider, ihre Oberweite und den unbändigen Drang, immer im Mittelpunkt stehen zu müssen. Das sind nicht gerade Voraussetzungen, um in meinem Freundeskreis ein Dauerabo zu bekommen. Sie zeigt gerne, was sie hat, was nicht weiter schlimm wäre. Aber die schlimme Angewohnheit von ihr ist, dass sie demjenigen, der es nicht so dick auf der Tasche hat, das auch unangenehm unter die Nase reibt, so oft sie kann. Das ist eine Eigenschaft, die ich an Menschen gar nicht leiden kann. Und das hat in dem Moment auch nichts mit Neid zu tun. Wenn jemand aus jeder Pore seines Körpers den Leitspruch: »Deine Armut kotzt mich an« schreit, ist das nicht nur unverschämt, sondern auch noch verletzend. Und genau das ist es, was die Kundin in der folgenden Geschichte mit Hingabe tut. Sie richtet ihre Unverschämtheiten zwar nicht direkt gegen die Verkäuferin, aber lesen Sie selbst.

Wir befinden uns in einem kleinen Buchladen mitten in der Innenstadt. Es ist wirklich ein zauberhafter Laden. Wenn man über die Schwelle tritt, fühlt man sich in eine andere Zeit zurückversetzt. Die Regale sind aus massivem Holz gefertigt, mit hübschen geschnitzten Verzierungen an den Ecken. Die Stühle, auf denen die Leseratten in den Büchern schmökern können, sind mit plüschigem Stoff bezogen, und von der Decke baumelt ein uralter, funkelnder Kronleuchter. Es duftet nach Wissen und frisch bedrucktem Papier, ein Geruch, den man nur in Buchläden findet. An der Eingangstüre befindet sich so eine hübsche alte Türglocke, wie man sie heute leider viel zu selten findet. Und sogar die Mitarbeiter dort strahlen diese besondere Atmosphäre aus. Es ist ein Laden, wie aus einem Bilderbuch eben, in dem man sich gerne länger aufhält. Und das ist auch ausdrücklich gewünscht! Hinter der Theke hängt in großen

Lettern ein Schild: Entfliehe der Hektik des Tages und lese! Gerne versteht man das als Aufforderung, und die plüschigen Sessel verschlingen einen mit Haut und Haaren, sodass einem, sitzt man erst mal, nichts anderes mehr übrig bleibt. Es ist ein Ort, in den man sich verlieben muss! Nun gut, ich gebe gerne zu, dass Bücher und Antikes ohnehin einen Reiz auf mich ausüben, wie frischer Erdbeerkuchen auf einen Schwarm Bienen. Ich kann nicht anders, und muss jedes Mal dorthinein. Deshalb ist es auch nur schwer vorstellbar, dass dieser Ort der Ruhe und Fantasie Schauplatz einer kundenkollerwürdigen Szene werden könnte. Aber selbst in jedem noch so schönen Märchen finden wir ja auch immer eine böse Hexe, und somit erklärt sich das wie von selbst.

Es ist ein ziemlich verregneter Tag im November. Draußen ist es kalt und ungemütlich, von daher ist der kleine Buchladen gut gefüllt mit Menschen, die sich ein wenig Sonne in ihre Herzen holen möchten. Ein kleines Mädchen hat sich mit einem rosa illustrierten Buch über eine Prinzessin in die Kinderecke verzogen und blättert andächtig darin. Die Mutter der Kleinen sitzt in einem der »Fress-Sessel«, wie ich sie immer nenne, weil man wirklich das Gefühl hat, von ihnen gefressen zu werden, wenn man sich reinplumpsen lässt. Sie hat sich einen schönen historischen Roman zum Stöbern ausgesucht und ist nach der ersten Seite bereits in einer anderen Welt verschwunden. Hier und da kichern ein paar Mädels über die neueste Auflage der jungen Wilden. Und ein älteres Ehepaar diskutiert über eine Reihe von Sachbüchern der Gartenliteratur.

Die Türglocke bimmelt und eine böse Hexe betritt den Laden – äh, ich meine natürlich, eine Kundin betritt den Laden. Sie scheint die einzige zu sein, die nicht sofort ins Staunen gerät, sobald man über die Schwelle tritt. Entweder ist sie eine Stammkundin oder sie lässt das wundervolle Ambiente kalt.

(Hab ich doch gesagt: Hexe!) Sie sieht sich um und begibt sich an das Regal mit den Bestsellern. Zielstrebig nimmt sie sechs Titel auf einmal aus dem Regal und steuert einen »Fress-Sessel« an. Das kleine Mädchen mit dem Prinzessinnenbuch möchte an ihr vorbei, um zu seiner Mutter zu gelangen. Es hält kurz inne und sagt zu der Kundin: »Das sind aber viele Bücher! Willst du die alle lesen?« Die Hexe lächelt herablassend auf das Mädchen und nickt nur. »Ich habe mir ein Prinzessinnenbuch ausgesucht! Das ist wirklich schön! Guck mal, es ist rosa!«, strahlt das Mädchen glücklich aus tiefster Seele. »Schön für dich«, sagt die Hexe knapp und möchte sich ihren Büchern widmen. »Meine Mami hat gesagt, dass sie mir heute zur Feier des Tages ein Buch schenken will. Sie hat seit heute wieder eine neue Arbeit!«, erzählt das Mädchen weiter. Die Hexe bekundet ihr Desinteresse mit Nichtbeachtung. Aber das merkt das kleine Mädchen nicht, weil es anscheinend so glücklich darüber ist, dass es sich heute ein Buch aussuchen darf. »Meine Mami hat lange keine Arbeit gehabt. Aber jetzt hat sie wieder eine, und ich kann endlich mein Lieblingsbuch haben! Soll ich es dir mal zeigen?«, fragt es strahlend. »Nein! Sollst du nicht! Ich will meine Ruhe haben, verstanden?«, antwortet die Hexe schroff. Das Mädchen ist enttäuscht. Eine Verkäuferin, die das Gespräch beobachtet hat, ruft die Kleine zu sich: »Dann erzähl mir mal, welches Buch du dir ausgesucht hast!« Und das Lächeln ist mit einem Mal zurück auf den Lippen der Vierjährigen. So macht man das! Die kleine Quasselstrippe kann doch noch nicht merken, wann sie stört und wann nicht! Das hätte man ihr auch etwas freundlicher beibringen können! Vielen Dank, liebe Verkäuferin!

Kurze Zeit später kommt auch die Mutter der Kleinen zum Tresen und legt den historischen Roman hin, in dem sie für kurze Zeit so tief versunken war. »Hallo!«, strahlt die Verkäuferin sie an. »Für Sie der Roman und für Ihre Tochter das Prinzessinnenbuch?«, fragt sie. »Ja, genau!«, sagt die Mutter und kramt nach ihrem Geldbeutel. »Weißt du«, spricht das Mädchen stolz zu der Verkäuferin, »Mama hat endlich wieder eine Arbeit. Und zur Feier des Tages darf ich mir ein Buch aussuchen!« Die Verkäuferin lächelt freundlich und sagt: »Das ist ja prima! Dann ist das wohl heute euer Glückstag?« Das Mädchen nickt voller Glück, und auch die Mutter lächelt zufrieden. »Ja, das mit den offenen Stellen ist heute so eine Sache! Freut mich für Sie!«, sagt die Verkäuferin.

In diesem Moment kommt die Hexe an die Ladentheke und schiebt den Roman und das Kinderbuch mitsamt der Mutter unfreundlich ein Stück zur Seite, um ihren sechs Bestsellern Platz zu machen. »Darf ich mal?«, fragt sie in einem genervten Ton. Die Mutter macht bereitwillig Platz und fragt die Verkäuferin: »Wie viel macht das?« – »15,98 € bitte. Und schau mal, Süße!«, sagt sie und wendet sich wieder dem Mädchen zu. »Weil heute doch euer Glückstag ist, bekommt ihr von mir zwei tolle Lesezeichen geschenkt.« – »Hui, danke! Das aus Rosa ist für mich, Mama!«, sagt es und strahlt über das ganze Gesicht. Derweil hat die Mutter in ihrer großen Handtasche ihre Geldbörse noch nicht gefunden. Sie kramt weiter.

Der Hexe scheint das jedoch zu lange zu dauern, denn sie starrt andauernd auf ihre Uhr, und sie wippt mit ihrem Fuß nervös auf und ab. »Einen Moment bitte! In meiner Tasche ist so viel Zeug. Ich hab ihn gleich«, sagt die Mutter zur Verkäuferin. »Ja, das kenne ich gut! Kein Problem!«, erwidert diese, und dann hält es die Hexe doch nicht mehr aus und brummt leise, aber nicht leise genug: »Tse, das mit der Arbeitsstelle war ja wohl gelogen.« Die Mutter beachtet die Kundin überhaupt nicht und sucht weiter. »Hat wohl doch kein Geld!«, zischelt die Hexe etwas lauter und wedelt mit einem Bündel Scheine der Verkäuferin zu: »Können Sie nicht mich vorziehen? Ich hab auch Geld genug dabei.« Die Mutter hat diese Aussage zwar tief getroffen, aber sie versucht immer noch, sich nichts anmerken zu lassen. Sie weiß genau, dass sie ihren Geldbeutel dabeihat. Aber die blöde Kundin macht sie jetzt einfach nervös. »Tut mir leid, die Dame, aber die Frau mit dem Kind war vor Ihnen dran!«, sagt die Verkäuferin zu der Hexe. Für kein Geld der Welt hätte sie ihr den Vortritt gelassen! »Unverschämtheit! Da muss man sich von einem Harz-IV-Empfänger den Platz streitig machen lassen! Falls es Sie interessiert, ich muss zur Arbeit!«, platzt es aus der Hexe heraus. »Schön für Sie!«, sagt die Mutter genervt und wendet sich wieder ihrer Tasche zu. »Du Mama, was hat die Frau denn?«, fragt das Mädchen. »Keinen Anstand, meine Süße!«, erwidert die Mutter, der das Gewippe und Geseufze mittlerweile gehörig auf die Nerven geht. »Ach, hier ist er ja!«, sagt sie und zieht ihren Geldbeutel hervor und zählt das Geld ab. »Legen Sie doch einfach einen Schein hin und lassen Sie sich rausgeben! Dann muss ich nicht so lange warten!«, schimpft die Hexe. Und die Mutter erwidert: »Tut mir leid, ich als arbeitsloses Pack habe keinen größeren Schein. Sie müssen schon warten, bis ich mein Kleingeld beisammen habe.« Die Hexe rümpft nur ihre Nase, und dann schaltet sich die Verkäuferin ein: »Wissen Sie, wir sind froh, wenn jemand mal Kleingeld dabei hat. Sonst wird es mit unserem Wechselgeld immer gleich so knapp.« Dankbar zählt die Mutter ihr die 15,98 € auf die Theke. Das Mädchen schnappt sich stolz die Tüte mit den Büchern und winkt der Verkäuferin noch zu, ehe es und seine Mutter aus dem Laden verschwinden.

Und was lernen wir aus der Geschichte? Ich würde sagen, dass ich mit der Überschrift dieses Kapitels den Nagel auf den Kopf getroffen habe!

»Das 11. Gebot heißt:
Lass dich nicht verblüffen!«

Dieses Kapitel hätte ich genauso gut »Ode an die netten Kunden« nennen können. Denn in diesem Kapitel möchte ich allen freundlichen Gemütern ein Denkmal setzen und den Miesepetern zeigen, dass es auch anders geht!

Ja, hier zeigt sich, dass es sie gibt! Sie grüßen, können »Bitte« und »Danke« sagen, sind geduldig, und behandeln die Verkäuferinnen mit Würde und Anstand: die netten Kunden! Zugegeben, was Sie gleich lesen werden, ist wirklich die Ausnahme, und ganz so überschwänglich ist es gar nicht nötig. Aber viele könnten sich hier mal eine Scheibe abschneiden. Dann wäre für viele Menschen das Leben ein wenig leichter, glücklicher, und vor allen Dingen: freundlicher!

Wenn man von früh bis spät mit Kundenkoller-Kandidaten zu tun hat, stechen solche Ereignisse wie dieses aus dem Alltag heraus, wie ein Scheinwerfer in der Nacht. An sie denkt man noch lange zurück und man zehrt womöglich Monate, wenn nicht sogar Jahre von ihnen. In einem ganzen Berufsleben kommt so etwas vielleicht zwei-, dreimal vor. Glücklich diejenigen, die es erlebt haben.

Diese Geschichte spielt in einem Geschäft, in dem man kleinere Geschenkartikel und allerhand Nippes kaufen kann. Eine ganze Menge Laufkundschaft verirrt sich zur Freude des Inhabers an einem Tag hierher, und entsprechend viel gibt es dort zu tun.

Die Verkäuferin hat heute schon viel geschafft, ist müde und denkt mit Schrecken an die Arbeit, die sie zu Hause noch erwartet. Aber so ist das bei berufstätigen Müttern nun mal, sie haben eine nicht zu verachtende Doppel- und Dreifachbelastung zu bewältigen, die meiner Meinung nach viel zu selten gewürdigt wird. Meistens fällt die Leistung der Mütter erst dann auf, wenn sie einmal krank ist und nicht wie gewohnt die ganzen kleinen Dinge des Alltags erledigen kann.

Und genau so eine Mutter ist auch unsere Verkäuferin. Sie hat letzte Nacht schlecht geschlafen, weil ihr jüngster Spross um drei Uhr morgens geglaubt hat, die Nacht sei vorbei und er müsse jetzt unbedingt mit seinem neuen Bagger spielen. Nachdem seine Mutter ihn mit Engelszungen davon überzeugt hat, dass er noch schlafen muss, ist die sechsjährige Tochter mittlerweile auch wach und will unbedingt im Bett der Mutter schlafen. Das hat sie natürlich um ihren Schlaf gebracht, und da sie am Vorabend noch bis Mitternacht die Bügelwäsche erledigt hat, ist sie natürlich nicht im Mindesten ausgeschlafen. Dann hat ihr Tag schon mies begonnen, weil sich ihr Babysitter krankgemeldet hat und sie gegen 7.30 Uhr ihre beste Freundin dazu bewegt hat, ihre Kinder mittags aus dem Kindergarten und der Schule abzuholen. Dann ist auf der Arbeit viel los, und ihr Chef hat ihr zu allem Überfluss auch noch mitgeteilt, dass ihr Urlaub leider um eine Woche gekürzt werden müsse, weil er zu der Zeit auf eine Messe nach Frankfurt muss. Prima Tag! Die Verkäuferin hätte heulen können!

Und mit dieser Laune schlägt sie sich nun schon seit fünf Stunden mit Kundenkoller-Kandidaten rum und wünscht sich sehnlichst den Feierabend herbei.

Dann betritt ein Mann den Laden. Er ist geschätzt so um die fünfzig und kommt öfter her. Hier findet er immer etwas für seine Nichten und Neffen, die mittlerweile ein ganzes Plüschtiermuseum zu Hause haben müssen, so oft, wie er ein neues Plüschtier ersteht. »Hallo Frau Kunze! Wie geht es Ihnen heute?«, fragt er, kaum als er die Tür geschlossen hat. »Ach, hallo Herr Schumacher! Danke der Nachfrage, aber heute ist irgendwie nicht mein Tag«, sagt die Verkäuferin etwas geknickt und berichtet ihm kurz von ihrer privaten Misere. »Und zu allem Überfluss muss ich noch eine Woche meines Urlaubs abtreten, weil mein Chef dringend nach Frankfurt muss! Dabei haben mein Mann, die Kinder und ich einen Ausflug mit dem Campingwagen meiner Eltern geplant. Das fällt dann wohl ins Wasser«, sagt sie traurig. »Das tut mir sehr leid! Können Sie den Trip nicht verschieben?«, fragt er wirklich betroffen. »Nein, leider nicht. Meine Eltern möchten gerne nach uns mit dem Camper an die Nordsee fahren. Dort treffen sie sich mit Freunden aus der Schulzeit. Und ich kann den Plan nicht einfach so durcheinander werfen. Sie freuen sich schon so sehr darauf. Aber genug von mir. Was kann ich für Sie tun?«, fragt sie und lächelt. »Ich brauche noch ein kleines Geschenk für einen sehr, sehr netten Menschen. Was könnte ich da nehmen?«, fragt Herr Schumacher. »Ich weiß, dass sie gerne Kaffee trinkt. Da wäre doch eine Kaffeetasse eine nette Aufmerksamkeit, was meinen Sie?«, fragt er weiter. Frau Kunze nickt und zeigt ihm das Regal mit den Tassen. Dort hat jede Tasse einen Aufdruck mit einem Spruch. Herr Schumacher kramt ein bisschen und kommt nach kurzer Zeit an die Theke zurück. »Haben Sie was gefunden?«, fragt Frau Kunze freundlich. »Ja, hab ich. Könnten Sie mir die als Geschenk einpacken? Und packen Sie doch bitte noch eine Schachtel von den Pralinen da dazu«, sagt er. Frau Kunze macht sich sofort ans Werk und verpackt Tasse und Pralinen kunstvoll zusammen. Auf der Tasse steht gedruckt: »Wenn du glaubst, es geht nicht mehr, kommt von irgendwo ein Lichtlein her.« Nette Worte, denkt sich Frau Kunze, die zu ihrer Situation passen wie die berühmte Faust aufs Auge.

Als sie das Geschenk fertig verpackt hat, kassiert sie noch das Geld und möchte Herrn Schumacher eine Tüte geben. »Nein danke, die brauche ich nicht. Ich lass das eh hier«, sagt er und grinst. »Wieso lassen Sie es hier? Kommen Sie es dann später abholen?«, fragt die Verkäuferin verdutzt. »Nein, Frau Kunze! Das ist für Sie! Sie sind immer so nett und freundlich zu mir. Und selbst wenn es Ihnen nicht gut geht, fragen Sie immer noch nach den Belangen anderer. Ich denke, dass Sie es einmal verdient haben, auch etwas zu bekommen: Meine Anerkennung für die Arbeit, die Sie hier verrichten!«, sagt er, und Frau Kunze kann gerade noch verdattert ein »Vielen Dank!« hinterherrufen, ehe er aus dem Laden verschwindet.

Knigge-Hinweise für Kunden

1. Verkäufer sind auch nur Menschen.

2. Wir leben nicht mehr im Mittelalter und Folter ist bei Strafe verboten!

3. Nutzen Sie die Öffnungszeiten des Einzelhandels aus, denken Sie jedoch bitte an die Ladenschlusszeiten!

4. Wenn Sie warten müssen, weil Sie noch nicht an der Reihe sind und es dauert mal wieder etwas länger, freuen Sie sich an der wachsenden Konjunktur, anstelle sich über den Betrieb aufzuregen.

5. Wenn Sie sich über etwas fürchterlich ärgern, besinnen Sie sich Ihrer guten Kinderstube, oder tun Sie wenigstens so, als hätten Sie eine!

6. Mit Geld kann man NICHT alles kaufen!

7. Wenn Ihnen der Preis einer Ware für unangemessen erscheint, behalten Sie es für sich und kaufen Sie es nicht ein. Niemand zwingt Sie dazu.

8. Nehmen Sie die Ausdrücke »Guten Morgen«, »Guten Tag«, »Guten Abend«, »Danke« und »Auf Wiedersehen« in Ihren Wortschatz auf.

9. Ein Lächeln tut nicht weh.

10. Verlangen Sie nur so viel, wie Sie bereit sind, selbst zu geben.

11. Beschwerden werden ruhig und klar formuliert. Dann bekommen Sie auch Gehör geschenkt.

12. Wer schreit, hat schon verloren.